Carla Maliandi

Das deutsche Zimmer

Roman

Aus dem Spanischen
von Peter Kultzen

BERENBERG

Eins

1

Als ich klein war, habe ich einmal die Namen aller Sternbilder gelernt. Mein Vater hat sie mir beigebracht, er hat aber dazu gesagt, dass ihm der Himmel hier über Deutschland total fremd sei. Der Himmel, die Sterne, die Flugzeuge, das war damals meine große Leidenschaft. Ich wusste, dass ein Flugzeug uns nach Heidelberg gebracht hatte und dass uns auch ein Flugzeug wieder an den Ort bringen würde, an den wir gehörten. Die Flugzeuge unterschieden sich für mich durch ihr Aussehen und ihre Persönlichkeit. Und ich betete, dass das Flugzeug, das uns zurück nach Buenos Aires bringen würde, keins von denen sein möge, die mitten über dem Atlantik abstürzten, so dass wir alle starben. Am Abend vor der Abreise, vor der großen Rückreise nach Argentinien, füllte sich unser Haus in der Keplerstraße mit Philosophen. Wir aßen im Garten, weil die Nacht ungewöhnlich warm und klar war. Unter den Philosophen befanden sich auch mehrere Lateinamerikaner, ein Chilene, der Gitarre spielte, ein ernster Mexikaner mit, wie zu erwarten, großem Schnurrbart, und Mario, ein junger Student aus Argentinien, der damals bei uns wohnte. Die Lateinamerikaner bemühten sich, Deutsch zu sprechen, und die Deutschen antworteten freundlich auf Spanisch. Mein Vater diskutierte lautstark mit einem sehr großen und völlig kahlköpfigen Philosophen aus Frankfurt. Irgendwann bemerkten die beiden, dass ich sie erschrocken ansah, und erklärten, sie würden nicht streiten, sie würden bloß über Nicolai Hartmann diskutieren. Ein paar Jahre später versuchte ich, Hartmann zu lesen, um herauszubekommen, was sie damals dazu gebracht hatte, so leidenschaftlich zu diskutieren, eine Erklärung fand ich aber nicht.

Jetzt sollte ich lieber schlafen, aber ich kann nicht, ich bin von der Reise noch zu aufgewühlt. Durch das Fenster meines neuen Zimmers sehe ich ein Stück des Himmels über Heidelberg. In der Nacht vor unserer Rückreise betrachtete ich diesen Himmel sehr lange und versuchte, ihn mir einzuprägen, als müsste ich mich von etwas verabschieden, was ich nie vergessen dürfe. Ich weiß noch, dass der chilenische Philosoph, der Gitarre spielte, irgendwann anfing, mit heiserer Stimme *Gracias a la vida* von Violeta Parra vorzutragen, und dass eine Gruppe betrunkener Deutscher um ihn herum sich ihm begeistert und unbekümmert um ihre lächerliche Aussprache anschloss.

Wie lange habe ich schon nicht mehr durchgeschlafen? Gestern in Buenos Aires hatte ich Angst, nicht mitzubekommen, wenn der Taxifahrer klingeln würde, und wachte immer wieder auf. Als ich zum Flughafen Ezeiza kam, musste ich erst einmal einen extra starken Kaffee trinken, um richtig wach zu werden und die Abflugformalitäten zu bewältigen. Im Flugzeug befiel mich wieder der altbekannte Schwindel, er kam aber nicht von der Angst vor einem Absturz, ich fragte mich vielmehr, was ich eigentlich tun würde, wenn ich heil und unversehrt am Ziel angekommen wäre. Mein Leben auf diesem Flug zu beenden war eine weniger bedrückende Vorstellung als der Gedanke, dass ich einfach so, ohne irgendwem in Buenos Aires Bescheid gesagt zu haben, nach Deutschland verschwand, aus einem bloßen Impuls heraus, ohne genügend Geld, in dem verzweifelten Versuch, zur Ruhe zu kommen und ein längst vergangenes, durch den Tod meines Vaters für immer verlorenes Glück wiederzufinden. So macht man das nicht, ich habe es aber so gemacht, und jetzt bin ich hier. Morgen suche ich ein Telefon, um in Buenos Aires anzurufen und alles, so gut ich kann, zu erklären.

Ich glaube, an diesem Ort, in diesem Bett, werde ich gut schlafen. Das Zimmer ist schöner, als es im Internet aussah, und was die Leiterin mir sonst noch gezeigt hat – der Speisesaal, die Küche und die anderen Räume im Erdgeschoss des Wohnheims –, hat mir auch gefallen. Bestimmt ist das ein guter Platz für Studenten. Ich habe allerdings nicht vor, hier irgendetwas zu studieren. Ich werde jetzt erst einmal versuchen, zu schlafen und mich zu erholen, und dann gehe ich zum Marktplatz und setze mich auf eine Bank, um eine Brezel zu essen und in Ruhe nachzudenken.

2

Ich träume, dass ich auf einer Liege aufwache, die in einer Art Gehege für Menschen steht. Neben mir schläft ein etwa dreijähriger Junge. Ich wecke ihn und frage, wo wir sind, der Junge kann aber nicht sprechen. Ich sage zu ihm, dass wir hier wegmüssen. Ich nehme ihn auf den Arm und gehe los. Ich trage die Kleidung, die ich auf der Reise anhatte, einen grauen Pullover und Jeans, Schuhe habe ich aber keine an. Der Junge ist in eine Decke eingewickelt und ziemlich schwer. Wir durchqueren eine riesige Halle und kriechen danach unter dem Stacheldrahtzaun durch, der das Gelände umgibt. Dann stehen wir auf einem Feld. Kühe sind zu sehen, der Boden wird jedoch von Nebel verdeckt. Neben einer der Kühe kauert ein Mann, er ist damit beschäftigt, sie zu melken. Ich kann nicht allzu viel von ihm erkennen, nur dass er ziemlich groß ist und wie ein typischer Alpenbewohner aussieht. Als wir an ihm vorbeigehen, bietet er uns ein Glas Milch an. Ich nehme das Glas und halte es dem Jungen hin. Da wird der Mann böse und erklärt, die Milch sei für mich. Wir fangen an zu streiten, ich verstehe aber nicht, was der Mann sagt, weil er einen so starken Dialekt spricht. Irgendwann starrt er meine Brüste an, deutet mit dem Finger darauf und sagt, auf einmal klar und deutlich: »Da ist genug Milch für alle drin.« Erschrocken laufe ich mit dem Jungen davon. Ich halte ihn jetzt an der Hand, aber er befreit sich von mir, wieder ergreife ich seine Hand, wieder befreit er sich, wieder ergreife ich seine Hand, wieder befreit er sich. Da wache ich auf.

Das Bett meines Wohnheimzimmers ist wirklich sehr bequem. Dazu kommt der Blick durchs Fenster in den Garten, die Landschaft, die ich von hier aus sehen kann, hat nicht das Geringste mit dem öden Feld aus dem Traum zu tun. Das Wohnheim übertrifft alle meine Erwartungen einer falschen Studentin.

Nachdem die Heimleiterin Frau Wittmann gestern meine Daten aufgenommen und mir die Räumlichkeiten gezeigt hatte, wies sie mich darauf hin, dass es nur bis halb zehn Frühstück gibt. Ich muss also schnell aufstehen, wenn ich nicht zu spät kommen will. Trotzdem denke ich noch eine Weile über den Traum nach und betaste meine Brüste, sie sind ungewöhnlich stark angeschwollen. Wahrscheinlich bekomme ich bald meine Tage, hoffentlich habe ich nicht vergessen, *Sertal* einzupacken. Ich stehe auf, ziehe mich rasch an, fahre mir, statt mich zu kämmen, bloß mit den Fingern durch die Haare und gehe in den Speiseaal hinunter. Dort machen sich mehrere Studenten gerade Kaffee und bestreichen Toaste. Mir ist nicht klar, wie das mit dem Frühstück geregelt ist, ich weiß nicht, ob ich mich einfach bedienen darf oder zuerst jemanden fragen muss. Dass dies kein Hotel ist, versteht sich, das Essen servieren wird mir niemand. Jetzt begreife ich, was Frau Wittmann mit »Frühstück machen« gemeint hat. In jedem Fall isst hier jeder etwas Verschiedenes, die einen Toast, andere bloß Joghurt oder Obst oder Müsli. Die Sachen entnehmen sie einem großen Kühlschrank, ich sehe, dass auf den Gefäßen, in denen sich die Speisen befinden, Namensschildchen kleben. Vor der Kaffeemaschine hat sich eine kleine Schlange gebildet, an einigen Tischen werden leise Unterhaltungen geführt, an anderen frühstückt jemand allein vor seinem aufgeklappten Notebook, ohne sich umzusehen. Es ist mir peinlich, so unschlüssig und schlecht gekämmt dazustehen. Ich beschließe, in die Stadt zu gehen und in einem Café zu frühstücken, wenigstens heute.

Heidelberg ist ein Ort wie aus einem Märchen, wie aus einer anderen Wirklichkeit, eine der wenigen deutschen Städte, die im Zweiten Weltkrieg nicht völlig zerbombt wurden. Ich versuche, die Straßen wiederzuerkennen. Ich habe die ersten fünf Jahre meines Lebens hier verbracht. Manches ist mir noch vertraut – die Bäckereien, das Neckarufer, der Geruch auf der Straße. Es ist ein warmer, strahlend schöner Tag. Ich gehe in dem Märchen spazieren, atme tief durch, tue, als hätte ich mich verlaufen, finde – welch Überraschung! – den Weg wieder. Am Marktplatz betrete ich ein Café und bestelle ein Frühstück. Es besteht aus Brötchen, Käse, Wurst, Orangensaft und einem großen Milchkaffee. Der Kellner fragt, woher ich komme, er spricht über Fußball, kennt die Namen aller Spieler der argentinischen Nationalmannschaft. Ich nutze die Gelegenheit, um Deutsch zu üben, ohne mich allzu sehr anstrengen zu müssen. Ich habe bereits gemerkt, dass ich die Sprache nicht mehr ohne weiteres verstehe, ich habe viel vergessen, die paar Grammatikübungen, die ich mir vor der Abreise im Internet zusammengesucht habe, haben nicht gereicht, und nur mit meiner guten Aussprache kann ich das alles, anders als gedacht, nicht wettmachen. Während der Kellner mir von Messi erzählt, überlege ich, wie ich das mit der Verständigung am besten hinbekomme. Wenn es nicht anders geht, kann ich auch Englisch sprechen. »Sí, Messi es un genio«, sage ich zuletzt auf Spanisch. Der Kellner lacht und geht zu einem Gast an einem anderen Tisch. Auf dem Weg dorthin wiederholt er amüsiert »genio«, »ein Genie, ha ha«. Ich verschlinge das Frühstück gierig bis auf den letzten Krümel. Ein alter Mann am Nachbartisch beobachtet mich aus dem Augenwinkel, neben ihm sitzt ein kleiner Hund, offensichtlich sein Begleiter. Der Mann streichelt ihn mit der einen Hand, in der anderen hält er seine Tasse. Ich überlege, wie alt er sein mag, und frage mich, was er wohl im letzten Krieg gemacht hat. Was soll's, selbst wenn er ein Nazi war, lange hat er so oder so nicht mehr zu leben. Plötzlich lächelt der Mann mich an. Vielleicht habe ich einfach zu viele Vorurteile, auf einmal kommt er mir jedenfalls bloß wie ein freundlicher alter Mann vor, der gemerkt hat, dass ich nicht von hier bin. Was denken die Leute, die mich hier sitzen sehen, wohl über mich? Ich versuche, mir vorzustellen, wie ich aussehe, mit dem ungekämmten Haar, das mir auf die Schultern fällt, der schlecht sitzenden Spange, die ich mir heute Morgen in aller Eile angesteckt habe, und der schönen, aber völlig verknitterten Bluse. Auf einmal kommt es mir nur noch lächerlich vor, wie ich hier versuche, die Ruinen zu kaschieren. Kaputt ist kaputt, egal, wo ich mich befinde – im Augenblick Tausende von Kilometern von meinem Heimatland entfernt, ohne mich mit meiner Umgebung richtig verständigen zu können und ohne zu wissen, was ich eigentlich vorhabe.

Wenn ich wieder im Wohnheim bin, werde ich mir von Frau Wittmann eine Schere leihen und mir die Haare schneiden. Schon habe ich etwas vor. Die Haare hätte ich mir längst schneiden sollen. Der alte Mann vom Nachbartisch steht auf und geht hinaus, draußen auf dem Bürgersteig bleibt er noch einmal stehen und winkt mir zum Abschied durchs Fenster zu. Gerührt beobachte ich, wie er mit dem kleinen Hund davongeht. Ich zähle die Münzen für das Frühstück ab, sieben Euro. Sieben Euro ist für mein Reisebudget wahnsinnig viel. Ich frage mich, ob zwei dieser Münzen für mehrere Anrufe reichen. Ob es mir gelingen wird, meine Mutter zu beruhigen, die immer noch jammert, weil ich mich von Santiago getrennt habe, und jetzt auch noch damit wird fertig werden müssen, dass sie mich eine ganze Weile nicht zu sehen bekommt. Ob mir für die Leute, für die ich arbeite, eine gute Ausrede einfallen wird, wo ich diese Arbeit ohnehin fast verloren habe, weil ich im letzten Monat beinahe jeden Tag zu spät gekommen bin. Und ob ich imstande sein werde, den Anschluss des Hauses zu wählen, in dem ich bis vor kurzem gewohnt habe. Ob ich also imstande sein werde, Santiago anzurufen, mit dem ich schon so lange nicht mehr gesprochen habe, um ihm zu sagen: »Hallo, wie geht's? Ich bin gerade in Deutschland.« Und dabei nur eins im Kopf zu haben – die flehentliche Bitte, an mich selbst und sämtliche Götter dieser Welt, dass mir ja nicht die Stimme versagt.

3

Ich bleibe den ganzen Tag in der Stadt. Erst um acht kehre ich ins Wohnheim zurück, da ist es schon dunkel. Frau Wittmann empfängt mich an der Tür und sagt, dass im Speisesaal jemand auf mich wartet. Mein Herz fängt an, wie wild zu klopfen, ich sehe Santiago vor mir, er ist gekommen, um mich zu holen, aber das kann nicht sein, unmöglich. »Auf mich? Sind Sie sicher?«, frage ich. »Ein Student aus Ihrem Heimatland, er möchte mit Ihnen sprechen«, erwidert sie, ohne mich anzusehen. Ich lächle ergeben und bedanke mich. Bevor ich weitergehe, frage ich, ob sie mir eine Schere leihen kann, und Frau Wittmann sagt, sie wird mal nachsehen, ob sie eine findet. Im Speisesaal sitzt ein junger Mann mit dunklem Teint, alles an ihm wirkt unverhältnismäßig groß, zugleich macht er einen etwas kindlichen Eindruck. Er beugt sich über ein Schachbuch. Als er aufblickt und sieht, dass ich auf ihn zukomme, erhellt sich sein Gesicht. Er dürfte nicht älter als fünfundzwanzig sein. Er sagt, er hat den ganzen Nachmittag auf mich gewartet. Ich habe ihn noch nie gesehen, aber er tut, als wären wir verwandt oder würden uns seit Ewigkeiten kennen. Er sagt, er ist aus Tucumán und heißt Miguel Javier Sánchez. Und dass er ein CONICET-Stipendium hat und dazu noch eins vom DAAD, dass er Wirtschaftspolitik studiert, vor einer Woche angekommen ist und heute erfahren hat, dass es noch jemanden aus Argentinien im Wohnheim gibt, mich. Er fragt, was ich studiere. Ich lüge und sage, ich mache einen Master in deutscher Dramaturgie. Frau Wittmann unterbricht uns, überreicht mir eine Schere und sagt, ich soll bitte vorsichtig damit umgehen. Ich bedanke mich bei ihr. Miguel Javier hört nicht auf zu sprechen, er erzählt von seinem Leben in Tucumán, von seiner bescheidenen Herkunft und davon, wie stolz seine Familie auf ihn ist, er ist der

Einzige, der studiert, das Wunderkind. Dann fragt er, ob ich morgen mit ihm das Schloss besichtigen will. Ich sage ja, und dass der Weg dorthin herrlich ist, eine meiner schönsten Kindheitserinnerungen. Er erklärt begeistert, dass er belegte Brote mitbringt und außerdem die Kamera, die er sich von der ersten Stipendienrate gekauft hat. Seine Begeisterung rührt mich ein wenig. Er hat den typischen Akzent der Leute aus Tucumán. Er sagt, er hat gelesen, dass das Schloss sehr schön sein soll. Dann höre ich nicht mehr zu und überlege stattdessen, wie ich mir die Haare schneiden soll. Zuerst die Spitzen, und dann so kurz, wie ich mich traue. Wenn es nicht gut aussieht, macht das nichts, hier kennt mich sowieso niemand. Miguel Javier – ein schrecklicher Name, wie sich das anhört! Die Kombination, so wie er selbst sie ausspricht, tut einem fast in den Ohren weh. Da fragt Miguel Javier, woran ich denke. Er sagt, er merkt, dass ich mit dem Kopf woanders bin. Ich erwidere, dass ich einen langen Tag hinter mir habe und müde bin. Dann verabschiede ich mich und sage, wir sehen uns morgen beim Frühstück.

Nach dem Duschen und Haareschneiden bin ich erschöpft. Todmüde falle ich ins Bett, ich, die Prinzessin im Exil, die Studentin, die keine ist, die einsame Reisende, die Flüchtlingsfrau. Ich bin gerettet. In diesem Augenblick gibt es nichts Schöneres auf der Welt als die Einsamkeit dieses gemieteten Zimmers, mein europäischer Unterschlupf, nicht luxuriös, aber sehr komfortabel, mit soliden Fensterläden, einem weißen Federbett und einem makellos sauberen Kissen. Ich erinnere mich an das Märchen von der Prinzessin auf der Erbse, nicht einmal zwanzig Matratzen reichen aus, um sie ruhig schlafen zu lassen, sie spürt die harte Hülsenfrucht trotzdem, aber dafür ist sie adlig. Ich dagegen bin eine falsche Prinzessin, und nichts kann mich um den Schlaf bringen. Keine Stimme flößt mir Angst ein, nichts stört mich, nichts bringt mich zum Zittern, triumphierend schlummere ich ein – ich bin in Deutschland und kann endlich ruhig schlafen. Ich schnuppere an dem frischen Laken und stelle mir vor, ich sei jemand anders, alles, was mich interessiert, ist der morgige Tag, mal sehen, was ich mache, was es zum Frühstück gibt, welche Straßen ich entlangspaziere.

Es klopft an der Tür, und ich wache auf. Zuerst glaube ich, ich habe das Geräusch bloß geträumt, aber dann klopft es wieder, und ich stelle fest, dass es draußen bereits hell ist. Ich stehe auf und mache, noch im Nachthemd, die Tür auf. Vor mir steht der Tucumaner und sieht mich zufrieden und vorwurfsvoll zugleich an: »Es ist schon halb neun!«, sagt er.

Ich sage, er soll bitte unten warten, ich muss mich noch fertig machen. Dann schließe ich die Tür. Während ich mich anziehe, sage ich vor mich hin, was ich davor nicht zu ihm gesagt habe: »Was schaust du so? Klopf bloß nicht nochmal so früh bei mir an, verpeilter Tucumaner.«

Ich gehe in den Speisesaal hinunter, der Anblick der frühstückenden Studenten unterscheidet sich in nichts von dem des Vortags, abgesehen davon, dass jetzt ein Bekannter unter ihnen ist. Dort drüben steht er, in der Schlange vor der Kaffeemaschine. Als er mich sieht, hebt er den Arm und schwenkt einen Teelöffel. »Hier, hier bin ich!«, ruft er.

Als wir schließlich zusammen am Tisch sitzen, erklärt der Tucumaner, dass Kaffee und Milch vom Wohnheim gestellt werden, alles Übrige müssen die Studenten selbst kaufen und mit Schildchen versehen, wenn sie es im Kühlschrank aufbewahren wollen. Da ich noch nichts zum Frühstücken habe, sagt er, ich soll mir von seinen Sachen nehmen, und fügt hinzu, dass die Läden hier am Sonntag zu haben, weshalb ich heute auf dem Rückweg vom Schloss unbedingt noch einkaufen sollte. Der Tucumaner hat unter anderem Schinken, Frischkäse und Süßkartoffelgelee anzubieten. Er öffnet eine Tupperdose und zeigt mir die dick mit Mayonnaise bestrichenen Sandwichs darin. Er sagt, er hat sie für unseren Ausflug gemacht, schon ganz früh heute Morgen, als ich noch schlief.

Das Schloss liegt hoch über der Stadt, der Weg vom Wohnheim bis dorthin dauert etwa eine Stunde. Der Tucumaner geht mit seiner Kamera voraus. Alle zehn Schritte dreht er sich um, kommentiert etwas oder macht ein Foto von mir. Während er durch den Sucher blickt, lässt er sich über meine Frisur aus, er sagt, die langen Haare hätten mir viel besser gestanden. Ich sage mir, dass wir uns noch kaum kennen, eigentlich dürfte er nicht so offen mit mir sprechen, aber die Umgebung ist viel zu schön, als dass ich meinem Begleiter irgendetwas übelnehmen könnte. Auf halber Strecke fühle ich mich plötzlich sehr müde und muss eine Pause einlegen. Miguel Javier macht sich über mich lustig. Eine amerikanische Familie, die ein kleines Stück entfernt hinter uns herging, holt uns ein und fragt, ob wir sie fotografieren können. Die Eltern sind um die vierzig, ihre drei Kinder irgendwas zwischen fünf und zwölf. Sie posieren wie professionelle Fotomodels. Als ich ihre Kamera zurückgebe, umarmt der Jüngste mich. Die Mutter zerrt ihn am Arm fort, und sie gehen weiter. Ich muss an den Traum von der Ankunftsnacht denken, an die kleine Hand des Kindes, das sich immer wieder losriss, während wir vor dem Bauern davonrannten, der meine Brüste anstarrte. Der Tucumaner sieht mich an und sagt, ich sei ganz blass. Er öffnet den Rucksack, holt die Tupperdose raus und bietet mir ein Sandwich an. Ich sage, dass ich nichts möchte, dass mir nicht gut ist – und trete an den Wegrand und übergebe mich. Der Tucumaner hält mir die Stirn, und als ich alles von mir gegeben habe, reicht er mir seine Wasserflasche und eine Serviette, damit ich mich saubermachen kann. Eine Weile sitzen wir schweigend da. Von hier oben sieht man den Fluss, der durch Heidelberg fließt, die roten Dächer und die Kirchenkuppeln. Schließlich sage ich zu dem Tucumaner, dass es mir wieder besser geht, und stehe auf, um den Weg fortzusetzen. »Wenn du mich fragst, bist du in anderen Umständen«, sagt er und erhebt sich. »In was für Umständen?«, frage ich wie gelähmt. »Du bist schwanger«, erwidert er und spricht auf dem restlichen Weg kein Wort mehr mit mir.

Der Eintritt ins Schloss kostet zehn Euro, die wir ein wenig geknickt bezahlen. An der Tür erklärt man uns, die Führung auf Spanisch beginne in zehn Minuten, wir sollten bitte warten. Miguel Javier sieht mich nicht an und sagt weiterhin nichts, man könnte meinen, er kennt mich überhaupt nicht inmitten all der Touristen. Ich breche das Schweigen.

»Woher weißt du das?«

»Was?«

»Woher weißt du beziehungsweise wie hast du gemerkt, dass ich schwanger ... sein könnte?«

Der Tucumaner sieht mich auf einmal ganz anders an. Sein Gesicht, das mir im ersten Moment etwas kindlich vorkam, wirkt jetzt reif, als wäre er ein Träger uralten Wissens.

»Ich habe sechs Schwestern und fast zwanzig Nichten und Neffen. Bei jeder und jedem habe ich die Schwangerschaft mitbekommen, mit allem, was dazugehört, ich weiß, wie das abläuft. Und du hast dich nicht nur gerade übergeben, man sieht es dir auch am Blick an.«

»Was ist denn mit meinem Blick?«

»Deine Augen glänzen irgendwie, als wärst du betrunken.«

»Du kennst mich doch gar nicht, vielleicht sehe ich ja immer so aus.«

»Kann sein, aber an deiner Stelle würde ich schleunigst einen Test machen und dem Vater Bescheid geben.«

Da kommt der Touristenführer und sagt, wir sollen uns bitte im Halbkreis vor ihm aufstellen, weil es jetzt losgeht.

4

Ich warte noch drei Tage, bis ich den Schwangerschaftstest mache. Ich stelle idiotische Berechnungen an – wenn der Juli einunddreißig Tage hat und der August auch, hätte die letzte Menstruation ... Keine Ahnung. Vom letzten Monat mit Santiago erinnere ich so gut wie nichts, bloß die Streitereien, die verletzenden Äußerungen, das dunkle Zimmer, Santiagos Körper auf mir, wir sehen uns aber nicht an, alles ist viel zu traurig. Ich weiß auch nicht mehr, wann ich das letzte Mal meine Tage hatte. Dafür weiß ich noch genau, wie ich eines Nachts zu Leonardo kam, wir haben eine Unmenge Wodka getrunken, und ich habe ihm erzählt, dass ich dabei bin, mich zu trennen, da hat er gesagt, ich soll bei ihm übernachten, irgendwann saß ich dann auf ihm, in seinem Bett, und als es draußen langsam wieder hell wurde, lag er neben mir und schnarchte, und ich wollte bloß noch fort, an einen Ort nur für mich, weit weg von allem.

Ich gebe mir große Mühe, mich daran zu erinnern, wann ich zum letzten Mal mit Blutflecken, Binden und *Ibuevanol* zu tun hatte, aber ich komme einfach nicht darauf. Ich ärgere mich, dass ich lauter Sachen aus dem Gedächtnis hervorkramen soll, ich bin doch gerade deshalb so weit weggefahren, damit ich mich von alldem erholen kann. Dann sage ich mir, kann ja sein, dass es bald losgeht. Am Morgen bleibe ich ewig lang im Bett, fürs Frühstück ist es deshalb zu spät, mittags mache ich einen Spaziergang, und danach lege ich mich gleich wieder hin. Einmal komme ich mit einer Japanerin aus dem Wohnheim ins Gespräch, sie ist sympathisch, studiert deutsche Philologie und heißt Shanice. Sie ist fast die einzige Person, mit der ich mich in diesen Tagen unterhalte. Ich merke, dass auch sie auf der Flucht ist, allerdings hat sie die Sache viel besser organisiert. Ein Studium in Deutschland ist für Japaner offenbar so etwas wie eine große Party. Wie die meisten Studenten hier im Wohnheim ist auch Shanice mehrere Jahre jünger als ich. Einmal erzählt sie, dass sie beschlossen hat, aus Japan fortzugehen, nachdem zwei Studienkollegen von ihr Selbstmord begangen hatten. Lächelnd sagt sie: »Es ist so einfach, sich vor einen Zug zu werfen, das ist ganz leicht, auch wenn es einem eigentlich gut geht, kann man das machen.«

Miguel Javier steht sehr früh auf und verbringt fast den ganzen Tag in der Universität, wir laufen uns kaum noch über den Weg. Ich lasse also drei Tage verstreichen, aber es tut sich immer noch nichts. Ich weiß nicht, wie ich hier an einen Schwangerschaftstest kommen soll. Ich frage Shanice, ob sie mir helfen kann. Sie hört aufmerksam zu und übernimmt die Sache, als handelte es sich um einen Geheimauftrag, bei dessen Erledigung uns nicht der geringste Fehler unterlaufen darf.

Schon bald steht sie wieder vor mir in meinem Zimmer und übergibt mir eine Schachtel, die sie in der Apotheke gekauft hat. Zusammen lesen wir die dreisprachige Gebrauchsanweisung – in das Döschen pinkeln, den Teststreifen reinlegen, drei Minuten warten, ist anschließend nur ein Strich zu sehen, ist das Ergebnis negativ, sind es zwei Striche, heißt das: positiv. Ganz einfach, also, los geht's. Ich bedanke mich bei Shanice, aber sie bleibt vor mir stehen. Sie sieht mich an und erwartet offensichtlich, dass ich jetzt ins Bad gehe und ihr danach sage, was rausgekommen ist. Ich nehme meinen ganzen Mut zusammen und sage, sie soll mich bitte allein lassen. Nein, erwidert sie, in so einer Situation lässt sie mich doch nicht allein. Sie steht da wie ein japanischer Soldat, und ich habe das Gefühl, ihr etwas schuldig zu sein. Andererseits weiß ich nicht, wie ich ihr in diesem Augenblick etwas klarmachen soll, was auch immer, mir fehlt die Kraft dazu. Schließlich nehme ich die Schachtel mit dem Test und gehe ins Bad. Ich mache alles genau, wie es in der Gebrauchsanweisung steht: Ich pinkle in das Döschen, stelle es auf den Boden und lege den Streifen hinein. Dann warte ich, wie angegeben, drei Minuten. Währenddessen versuche ich, mich mit meinem Spiegelbild abzulenken. Ich werde meiner Mutter immer ähnlicher. Als meine Eltern damals nach Heidelberg kamen, war sie schwanger, aber das wusste sie nicht. Ob sie sich gefreut haben, als es feststand? Ob mein Vater Brot, Würstchen und eine Flasche Wein gekauft hat? Ob sie darauf angestoßen haben? Ob sie die ganze Nacht wach waren und Zukunftspläne gemacht haben? Ob sie gleich zu Hause anrufen wollten, bei ihren Familien, und die Nachricht bekanntgeben? Ob sie gelacht haben?

Ich bücke mich, um das, was ich gerade im Stehen gesehen habe, genauer in Augenschein nehmen zu können – zwei deutlich erkennbare Striche. Ich drehe den Streifen um, schüttele ihn, sehe ihn mir erneut an. Die zwei Striche sind immer noch da. Ich wasche mir die Hände und verlasse das Bad. Shanice sitzt auf meinem Bett und sieht mich erwartungsvoll an. Ich sage ihr die Wahrheit: »Positiv. Mal sehen, was ich jetzt mache.« Dann bitte ich sie mit Nachdruck um zwei Dinge: »Sag niemandem was! Und jetzt geh, bitte!« Shanice umarmt mich, bevor sie das Zimmer verlässt. Ich verriegele die Tür und wandere eine Weile hin und her. Dann setze ich mich aufs Bett. Ich öffne die Packung Kekse und die Flasche Apfelsaft, die ich gestern gekauft habe. Der Saft schmeckt köstlich, ich fühle, dass meine Muskeln sich entspannen, der Druck in der Brust lässt nach und das Kinn fängt an zu zittern. Ich presse den Kopf ins Kissen und weine, bis ich einschlafe.

Zwei

1

In Heidelberg regnet es. Heute ist Samstag, und im Speisesaal sitzen lauter Studenten, die an diesem Wochenende darauf verzichten, Ausflüge zu machen. Ich habe einen ganzen Tag lang mein Zimmer nicht verlassen, jetzt aber beschlossen, nach unten zu gehen. Miguel Javier spielt mit einem rothaarigen Typen Schach. Der Typ hat einen Bart, und ich habe ihn schon einmal gesehen, ich glaube, er kommt aus einem osteuropäischen Land und studiert das Gleiche wie Miguel Javier. Ich freue mich, den Tucumaner wiederzusehen, und setze mich an einen Tisch in der Nähe der beiden, um zu warten, bis sie fertig sind. Ich möchte ein bisschen plaudern, worüber auch immer, und das Gefühl loswerden, eingeschlossen zu sein. Miguel Javier sieht mich aus dem Augenwinkel an, konzentriert sich aber trotzdem weiter auf die Partie, bewegt schließlich ein Pferd und sagt dann zu mir:

»Und, geht's dir besser?«

»Ja. Du hattest recht.«

»Gut, dass du's einsiehst. Ich hab immer recht.«

Der Rothaarige macht einen Zug, den ich nicht sehen kann, und der Tucumaner ärgert sich über sich selbst. Er schlägt sich mit der Hand an die Stirn und flucht leise vor sich hin. Der Rothaarige sieht mich an und lächelt.

Ich glaube, ich habe den Tucumaner abgelenkt, und jetzt verliert er wegen mir. Ich stehe auf und setze mich an einen anderen Tisch, der gerade frei geworden ist, er steht näher am Fenster, so kann ich in den verregneten Garten hinaussehen. Da kommt Frau Wittmann und sagt, ich soll ihr bitte helfen, ein paar Gardinen aufzuhängen, die sie hat reinigen lassen. Ich nehme an, dass sie mich fragt, weil ich allein bin und offenbar nichts zu tun habe. Alle um mich herum unterhalten sich oder lesen oder skypen in lauter verschiedenen Sprachen. Trotzdem überrascht ihre Bitte mich ein wenig. Wie kann es sein, dass die Leiterin eines so großen Wohnheims niemanden hat, der ihr bei der Arbeit hilft, einen Angestellten, meine ich? Sie hält mir die Gardine hin, viele Meter, aus einem tonnenschweren Stoff, die ich in die Schiene an der Decke einfädeln soll. Ich steige auf einen Tisch, und Frau Wittmann erklärt mir von unten, was zu tun ist. Als der Tucumaner mich so dastehen sieht, erhebt er sich und sagt, ich soll wieder runterkommen, ich sei ja wohl verrückt. Seit dem Ausflug zum Schloss, bei dem ich mich auf so verräterische Weise am Wegrand übergeben habe, behandelt er mich mit spürbarer Herablassung. Seine anfängliche Begeisterung ist in Enttäuschung umgeschlagen, er hat mich seither kaum noch angesehen und so gut wie nicht mehr mit mir gesprochen, wenn überhaupt, dann in vorwurfsvollem Ton. Jetzt hat er die Schachpartie Schachpartie sein lassen und steht selbst auf dem Tisch und folgt den Anweisungen Frau Wittmanns. Ich bin seiner Aufforderung wortlos nachgekommen, weiß nun aber nicht, was ich tun soll. Ich würde ja gern helfen, aber wie? Keine Ahnung, was mich eigentlich hierher geführt hat, in dieses Wohnheim, wo ich gar nicht hingehöre, in diese konservative Stadt, diese Märchenwelt, in dieses gleichermaßen perfekte und abstoßende Land. Ich gehe in mein

Zimmer, ziehe mir die Jacke über und verlasse das Wohnheim. Während ich im Regen die Straße entlang wandere, sage ich Wörter und ganze Sätze vor mich hin, in allen möglichen Tonlagen. Ich bin auf der Suche nach einem Telefon, um in Buenos Aires anzurufen.

Ich werfe zwei Ein-Euro-Münzen ein und wähle die Nummer meiner früheren Wohnung. Während es läutet, bete ich, dass niemand drangeht, mir ist klar, dass es ein Fehler ist, anzurufen, wenn ich so voller Zweifel bin, aber einfach wieder auflegen kann ich auch nicht. Ich nehme mir vor, ganz direkt zu sein, alles auf einen Rutsch zu sagen, es geht ja nur um zwei Dinge, die einzigen zwei Dinge, die ich sicher weiß – ich bin in Deutschland und ich bin schwanger. Zehntausend Kilometer von hier entfernt nimmt Santiago ab. Ich frage, wie es ihm geht. Er sagt, Ringo sei von einem Auto angefahren worden und müsse operiert werden. Mir zieht sich der Magen zusammen. Ich fange an zu weinen. Ich frage, was der Tierarzt gesagt hat, ob er gerettet werden kann. Santiago sagt, das sei nicht klar, so sei das Leben eben. Ich glaube, kein Wesen auf der ganzen Welt liebt Santiago so sehr wie diesen Hund, und trotzdem klingt er so sarkastisch wie immer, genau wie bei unserer Trennung. Er fragt, ob ich bei der Operation dabei sein will, morgen früh. Ich sage, dass ich nicht kann, dass ich in Mar del Plata bin. Warum ich das sage, weiß ich nicht, es ist das Erste, was mir einfällt. Er sagt eine Weile nichts und bittet mich schließlich, ihm unsere Kundennummer von Telecentro zu schicken, dann werde er sich darum kümmern, dass die Telefonate mit dem Apparat bei uns zu Hause künftig auf seine Rechnung laufen und die Gebühren nicht mehr von meinem Konto abgebucht werden, schließlich wohne ich nicht mehr dort, also sei es auch seine Sache, dafür zu bezahlen. »Ja, ich schick sie dir, per E-Mail«, antworte ich. Eine

Zeitlang schweigen wir uns an. Irgendwann fragt er, ob ich noch etwas sagen möchte. »Nein«, sage ich. »Dann lass uns auflegen«, sagt er, »der Anruf aus Mar del Plata kostet dich einen Haufen Geld.« Außerdem müsse er jetzt Ringo die Medizin geben, die der Tierarzt ihm verschrieben hat. »Hoffentlich geht alles gut«, sage ich. »Bei dir hoffentlich auch, und viel Spaß in Mar del Plata«, erwidert er und legt auf. Ich stehe eine Weile reglos mit dem Hörer in der Hand da. Als ich einhänge, gibt der Apparat mir eine Ein-Euro-Münze und drei Zehn-Cent-Münzen zurück.

Die Fäuste in den Jackentaschen geballt, gehe ich weiter, langsam, als würde ich immer noch Santiagos Stimme im Kopf hören. Keine Ahnung, wie Ringos Verletzung aussehen mag, bei der bloßen Vorstellung könnte ich mich übergeben. In Heidelberg sieht man nirgendwo herrenlose Hunde, die im Müll herumschnüffeln oder lang ausgestreckt im Schatten liegen – in Buenos Aires ist das normal, egal in welchem Viertel man unterwegs ist. Hier gibt es bloß Rassehunde, und sie sind klein und werden von ihren Besitzern an der Leine geführt, wenn sie nicht sogar getragen werden. In manchen Restaurants ist Kindern der Zutritt verboten, Hunden dagegen nicht. Ich wandere noch eine Weile ziellos umher. Der Regen hat sich in feinen melancholischen Nieselregen verwandelt. Ich will kein Geld für Kaffee ausgeben, aber mich weiter durchnässen lassen möchte ich auch nicht. Also mache ich mich auf den Rückweg ins Wohnheim. Dabei denke ich an Ringo, seinen warmen, dicht behaarten Körper – es tat so gut, ihn in die Arme zu nehmen, wenn ich im Winter nach Hause kam. Ich sehe seine Augen vor mir, die Art, wie sie mich scheinbar verständnisvoll ansahen, seine Ohren, die er aufstellte oder herunterklappte, je nachdem, wie wir gelaunt waren, wie er sich im Sommer im Hof ausstreckte, um

Siesta zu halten, wie er unseren Besuchern beim Reinkommen die Schnauze in den Po bohrte, wie er mit dem Schwanz wedelte, sobald er hörte, dass Santiago den Schlüssel ins Schloss steckte. Ich stelle fest, dass ich ihn vermisse und für keinen anderen Hund jemals etwas Ähnliches werde empfinden können.

2

Im Wohnheim empfängt mich Shanice mit den Worten, sie habe schon nach mir gesucht, heute sei Karaokeabend. Sie trägt eine pinkfarbene Perücke und ein Kleid mit Streifenmuster. In der Zwischenzeit haben die anderen den Speisesaal in einen Partyraum verwandelt, an den Wänden hängen Luftballons und an der Decke eine Discokugel. Shanice erzählt, dass sie gerade die Teams zusammenstellen und dass sie möchte, dass ich zu ihrem gehöre. Ich sage, dass ich sehr schlecht singe und dass ich mich jetzt umziehen muss, weil ich ganz durchnässt bin. Sie sagt, sie wartet auf mich, und drückt mir eine blaue Perücke und eine violette Synthetikfederboa in die Hand. »Es wird bestimmt lustig, alle verkleiden sich und keiner denkt mehr an seine Probleme«, versichert sie, stößt kleine spitze Schreie aus und fuchtelt mit den Händen.

Heute Abend kann ich zwischen verschiedenen Möglichkeiten auswählen – ich kann mich ins Bett legen und im Kopf immer wieder das traurige Telefongespräch durchgehen, ich kann weiter diverse Termine berechnen, versuchen herauszufinden, wer eher infrage kommt, Leonardo oder Santiago, weinen, bis ich einschlafe, oder beim Karaoke mitmachen. Ich entscheide mich für Letzteres. Ich dusche und gehe in den Speisesaal hinunter. Ich habe das einzige Kleid an, das ich mitgenommen habe, und um den Hals trage ich die violette Federboa. Die blaue Perücke halte ich in der Hand. Alle sind verkleidet und total aufgedreht. Es läuft Musik von einer deutschen Rockband, die ich nicht kenne. Shanice nimmt mich am Arm und führt mich in eine Ecke, wo sie mir die Perücke aufsetzt, zurechtzieht und sagt, sie stehe mir großartig. Ein Typ mit Sturmhaube und Pfeife fordert mich zum Tanzen auf, er stellt sich vor als »Subcomandante Marcos«. Sein Akzent hört sich für mich zunächst russisch an. Er tanzt sehr schlecht, es sieht aber lustig aus. Er fragt, als was ich mich verkleidet habe.

»Als Weltraumprinzessin.«

»So was gibt's, glaube ich, nur in deinem Heimatland.«

»Genau.«

»An deiner Stelle hätte ich mich als Evita verkleidet.«

»Woher weißt du, dass ich aus Argentinien bin?«

»Ich beobachte dich, seit du hier bist.«

»Ah, dann bist du also so eine Art Zapatistenspion, stimmt's?«

»Nein, ich bin ein albanischer Don Juan.«

Auf einmal erkenne ich ihn, es ist der Rothaarige mit dem Bart, der am Nachmittag mit dem Tucumaner Schach gespielt hat. Da bricht die Musik ab. Shanice ergreift, sichtlich angetrunken, ein Mikrofon und sagt, wir sollen bitte mal still sein, sie möchte etwas mitteilen. So aufgeregt habe ich sie noch nicht erlebt, ihr hyperkorrektes Deutsch ist auf einmal wirr und voller Fehler.

»Guten Abend, alle zusammen! Herzlich willkommen, Karaokeabend, juhu! Viva Karaoke! Viva la musica! Heute singen und tanzen wir, und keiner traurig. Viele, viele Preise. Kusspreise für den Sieger! Mhmmm, wer wird Sieger? Du vielleicht, du mit Hasenmaske, wer küsst dich heute? Die mit Häsinnenmaske, klar! Ja, heute Fiesta, und alles erlaubt, okee? Keiner traurig. Viva Heidelberg! Jetzt mal sehen, was ist der erste Stück ...« Sie nimmt einen Zettel aus einer Tüte und liest vor, was darauf steht. »*Papa Don't Preach*, der alte Madonna-Hit. Wer möchte?«

Ein Mexikaner mit goldenem Bademantel und Marilyn-Monroe-Perücke schnappt sich das Mikrofon und führt eine groteske Madonna-Parodie vor. Nach ihm singt eine als Rotkäppchen verkleidete Französin ein Stück von Britney Spears, dann kommt der Tucumaner an die Reihe, er trägt ein Gaucho-Kostüm und singt *Matador* von der argentinischen Band *Fabulosos Cadillacs*, begleitet von einem kleinen Chor aus Chinesen, die den Text einfach nach dem Gehör vortragen. Alles ist sehr lustig, und obwohl ich mich wirklich überwinden musste, zu dieser Party zu gehen, muss ich zugeben, dass Shanice recht hatte – eine ganze Weile vergesse ich das grässliche Telefonat mit Santiago, die Schwangerschaft, die furchtbare Ungewissheit. Außerdem gibt es superleckere Würstchen und großartiges Bier.

Der falsche Subcomandante Marcos sagt, ich soll mit ihm vor die Tür gehen, eine rauchen. Die Nacht ist jetzt vollkommen klar, und am Himmel steht ein riesiger Mond, wie in einem Liebesfilm oder einem Film mit einem Wolfsmann. Eine Zeitlang sprechen wir über unsere Heimatländer, über Politik und darüber, was uns an Deutschland gefällt oder nicht gefällt. Der Rothaarige erzählt, dass er an der Universität ein Seminar über den Peronismus besucht hat und dass er gern einmal nach Patagonien fahren würde, außerdem ist er Fan von Maradona. Schließlich zieht sich Subcomandante Marcos – wie er wirklich heißt, weiß ich immer noch nicht – die Sturmhaube vom Kopf und lächelt mich an. Dann wird aus dem Lächeln ein tief konzentrierter Ausdruck, während er den Blick langsam über meine Stirn, meinen Mund und meinen Hals gleiten lässt. Ich weiß, dass er irgendwann versuchen wird, mich zu küssen. Ich stelle fest, dass er noch sehr jung ist, wie der Tucumaner ist er nicht älter als fünfundzwanzig, vielleicht sechsundzwanzig. Er nähert sich mir, streicht mir die Tolle der Perücke aus der Stirn und sagt, meine Augen würden im Mond glänzen, oder etwas in der Art, genau verstehe ich ihn nicht. Ich erwidere, dass ich mindestens zehn Jahre älter bin als er und außerdem schwanger. Er sieht mich ungläubig an, merkt offenbar aber gleich, dass ich die Wahrheit sage. »Schwangere Frauen finde ich faszinierend«, erklärt er, drückt mich an die Wand und will mich auf den Mund küssen. Anfangs wehrt sich etwas in mir, doch dann gebe ich nach und mein Mund öffnet sich. Mir gefällt, was er mit mir macht. Ich schiebe meine Finger zwischen seine ziegelroten Barthaare, und wir küssen uns. Auf einmal steigt das Bild von dem ziegelroten Teppich in mir auf, den ich einmal mit Santiago in Salta kaufte und der so gut zu dem Sofa passte. Er wirkte ganz schlicht und einfach, war aber sehr teuer, und weitergeholfen hat er uns auch nicht, das war alles eine Lüge, gemeinsam ein Haus einrichten ist ein schönes Spiel, man kann aber jederzeit genauso gut etwas anderes spielen. Auf einmal wird mir etwas klar: Ich möchte nie wieder ein komplettes Service kaufen, nie wieder die Bilder an der Wand geraderücken oder darüber nachdenken, wohin ein Teppich am besten passt, der einfach und schlicht wirkt, das aber gar nicht ist. Und ich will nie mehr zur Gärtnerei gehen und fragen, welche Blumen Sonne brauchen und welche lieber im Schatten wachsen. Und ich will auch nie mehr Vorhangstoff aussuchen, Möbel polstern lassen, Regale ausmessen. Diese Teppiche, die alle von ihren Reisen in den Norden Argentiniens mitbringen, zeigen vor allem eins: Das ist alles bloß ausgedacht. Lieber lebe ich den Rest meines Lebens als Flüchtling, trinke Kaffee aus fremden Tassen, die ich nicht selbst ausgesucht habe und an denen mir nichts liegt, und erwache in Wohnungen, deren Adresse ich nicht angeben kann. Dafür genieße ich den überraschenden Ausblick, wenn ich am Morgen das Fenster öffne und mich frage, wie wohl das umliegende Viertel ist und wie es sich hier leben lässt, mit Teppichen ohne besondere Geschichte beziehungsweise mit der Geschichte anderer, die letztlich vielleicht gar nicht so anders ist. Der Rothaarige hört auf, mich zu küssen, und sieht mich schweigend an. Ich sage entschuldigend, dass ich gerade mit den Gedanken woanders war, dass mir etwas eingefallen ist. Da presst er sich noch fester an mich, und ich schließe ihn verzweifelt in die Arme. Er hakt mit einer Hand von außen, durch den Stoff hindurch, meinen BH auf, schiebt dann einen Träger meines Kleids zur Seite und küsst mich auf die Schulter. Bei der Vorstellung, jemand könnte uns sehen, befällt mich Panik, ich ziehe den Träger wieder hoch, lächle ihn an. Er umklammert meine Taille, und während wir uns wieder küssen, hebt er vorsichtig das Kleid an und lässt die Hände anschließend unter dem Stoff bis zu meinem Slip hinauf wandern. Da glaube ich zu hören, dass jemand im Speiseaal nach mir ruft. Reflexartig stoße ich den Rothaarigen zurück und ziehe mir das Kleid zurecht, er sagt etwas in seiner Sprache, was ich nicht verstehe. Dann entfernt er sich ein Stück, zündet sich eine Zigarette an und raucht schweigend, den Blick zur Straße gerichtet. Ich möchte etwas sagen, mir fällt aber nichts ein, und wir sind wieder zwei Unbekannte am Rand einer Party, die sich nicht besonders wohl miteinander fühlen.

Erneut höre ich den Ruf aus dem Speisesaal, es ist der Tucumaner, der durchs Mikrofon sagt: »Die Frau aus meinem Heimatland soll kommen und eine argentinische Chacarera mit mir singen!« Mehrmals wiederholt er schreiend meinen Namen. Ich will eigentlich nicht darauf eingehen, aber etwas an seiner Stimme erweckt mein Mitleid, vielleicht finde ich es auch nur peinlich, jedenfalls ist mir klar, dass er erst aufhören wird, wenn ich komme. Ich sage zu dem Rothaarigen, dass ich gleich wieder da bin, und gehe in den Saal. Der Tucumaner liegt mit dem Mikrofon in der Hand auf dem Boden, manche lachen ihn aus, andere versuchen, ihm auf die Beine zu helfen, aber er sagt bloß immer wieder auf Spanisch: »Die Frau aus meinem Heimatland soll kommen! Die schwangere Frau aus meinem Heimatland.« Ich nehme ihm das Mikrofon weg und sage, er ist ein Idiot. Da rappelt er sich hoch und erwidert, während er schwankend vor mir steht:

»Pass auf mit dem Jugoslawen da, das ist ein Schwätzer und überhaupt der letzte Wichser.«

»Ich glaub, du bist betrunken.«

»Und ich glaub, du bist wunderschön.«

Er fällt wieder zu Boden. Ich bringe ihm ein Glas Wasser, aber er rührt sich nicht. Shanice tanzt barfuß allein in der Mitte des Saals und bekommt von alldem nichts mit. Ein Chinese hilft mir, den Tucumaner auf einen Stuhl zu hieven, wo er in sich zusammensackt und anfängt, uns zu beschimpfen. Mehrere Studenten machen sich daran, die Tische abzuräumen. Es ist noch nicht spät, aber die Party geht offensichtlich ihrem Ende entgegen. Im Hintergrund sehe ich den falschen Subcomandante Marcos jetzt neben dem französischen Rotkäppchen sitzen, das das Stück von Britney Spears gesungen hat, sie unterhalten sich und sehen sich dabei in die Augen, zugleich streichelt er unermüdlich ihr Bein. Ich ärgere mich, irgendwie finde ich es aber auch witzig. Ich lasse den Blick weiter durch den Saal wandern, die anderen erleben gerade etwas,

was sie später, in der Zukunft, als den besten Moment ihres Lebens erinnern werden, ihre Studentenzeit, ihr Auslandsabenteuer, fern von den Eltern. In zehn Jahren sind sie bestimmt längst verheiratet, haben Kinder und einen guten Job und denken voller Sehnsucht an die Tage in Heidelberg zurück, die nie wiederkehren werden. Ich aber gehöre nicht zu ihnen, ich gehöre nirgendwo hin. Ich kann noch so lange durch die Welt reisen, zu Hause werde ich mich an keinem Ort fühlen. »War schön, das Fest«, sage ich zu Shanice, die offensichtlich nicht zuhört. Dann gehe ich schlafen, ohne mich von irgendwem zu verabschieden.

3

Am Montagmorgen entdecke ich eine Nachricht, die jemand unter meiner Tür durchgeschoben hat. Sie ist auf Spanisch, kann also nur von dem Tucumaner sein. Auf dem Zettel steht:

»Tut mir leid, die peinliche Aktion vom Samstag. Ich kann mich an fast nichts erinnern, zu viel Alkohol. Gestern habe ich den ganzen Tag geschlafen. Ich wollte dir nur sagen, dass ich mit dir zum Arzt gehen werde. Du musst zu einem Arzt. Ich habe mich erkundigt, an der Universitätsklinik gibt es mehrere gute Frauenärzte. Ich warte im Speisesaal auf dich, zum Frühstück gibt es auch Brezeln, die isst du doch so gern. Und dann gehen wir zum Arzt. Miguel Javier.«

Gehen alle Frauen zum Arzt, sobald sie merken, dass sie schwanger sind? Ist das überhaupt nötig? Ich fühle mich gut. Mir ist fast gar nicht mehr schlecht, eigentlich ist alles so wie immer. Ich glaube, der Tucumaner übertreibt, andererseits freut es mich, dass sich jemand Sorgen um mich macht.

Im Krankenhaus geht der Tucumaner entschlossen zum Informationsschalter, lässt sich eine Nummer geben, hat schon bald herausgefunden, vor welchem Sprechzimmer wir warten müssen. Drei Paare sind vor uns dran. Ich fühle mich überfordert, kann dem Drang, einfach wieder zu gehen, aber widerstehen. Der Tucumaner lächelt mitleidig und fragt, ob er Kaffee holen soll. Ich sage nein. Dann fange ich an, über verschiedene Dinge zu sprechen, als hätte ich schon länger darüber nachgedacht:

»Also, Miguel, ich weiß noch nicht genau, was ich mache. Ich bin hier ja nicht in Argentinien, und mein Geld reicht nur für zwei Wochen. Das andere Problem ist, dass ich nicht genau weiß, wer der Vater ist. Wahrscheinlich mein Ex-Freund, es könnte aber auch jemand anders sein. Wegen alldem und weil ich so was jetzt einfach nicht erwartet habe, werde ich vielleicht – also, entschieden habe ich mich noch nicht, aber vielleicht ist es wirklich am besten, ich lasse abtreiben.«

»Du spinnst.«

»Nein. Hilf mir bitte, das alles dem Arzt zu erklären. Wir sind schließlich in Europa, der findet das bestimmt gar nicht so schlimm.«

Der Tucumaner macht ein trauriges Gesicht und grübelt, bis wir irgendwann hereingerufen werden.

Der Arzt, der uns empfängt, ist um die sechzig, trägt einen hellgrünen Kittel und sieht ein bisschen so aus wie Daniel Barenboim. Er fragt, wie alt ich bin, wie viel ich wiege, ob ich schon mal schwanger war und welche Krankheiten ich gehabt habe. Als ich sage, dass dies meine erste Schwangerschaft ist, fragt er, warum ich so lange gewartet habe. Da wird mir klar, dass eine Abtreibung gar nicht mehr zur Debatte steht. Außerdem stelle ich fest, dass er den Tucumaner von Anfang an für meinen Ehemann gehalten hat. Jetzt sagt er, ich soll mich auf die Liege hinter dem Wandschirm legen und untenrum ausziehen. Wortlos tue ich, was er gesagt hat. Während er mich mit seinen Latexhandschuhen abtastet, starre ich an die Decke und versuche, an etwas anderes zu denken, ich würde gern im Stillen ein Lied singen, mir fällt aber keins ein, also stimme ich die Nationalhymne an. Für die anderen unhörbar singe ich sie mir zwei Mal vollständig vor, und als ich zum dritten Mal bei der Stelle ankomme, wo es heißt: »Seht die edle Gleichheit, dort oben auf ihrem Thron«, spüre ich einen Klaps auf dem Knie, der wohl bedeuten soll, dass die Untersuchung beendet ist. Der Arzt streift die Handschuhe ab und sagt, ich könne mich wieder anziehen, er warte dann auf mich, mit meinem Mann, auf der anderen Seite, um alles Weitere zu besprechen. Mit nur lose zugebundenen Schuhen setze ich mich kurz darauf zu den beiden, und es beginnt eine Art Monolog, den der Tucumaner und ich an keiner Stelle unterbrechen.

»Sieht alles sehr gut aus. Sie sind jetzt ungefähr in der sechsten Schwangerschaftswoche. Ich rate Ihnen, keinen Alkohol zu trinken, und erst recht nicht, zu rauchen. Sollten Sie Raucherin sein und es fällt Ihnen schwer, mit dem Rauchen aufzuhören, bietet das Krankenhaus kostenlose Entwöhnungskurse an. Das Gleiche gilt für Drogen jeder Art – Sie müssen den Konsum sofort einstellen. Während der ersten beiden Monate sollten Sie Folsäure einnehmen und ansonsten ein normales Leben führen. Wichtig ist auch eine gesunde Ernährung, viel Gemüse und ballaststoffreiche Nahrung, möglichst kein Zucker und nicht zu viel Salz. Bei Übelkeit können Sie mehrere Tropfen von einer Lösung nehmen, für die ich Ihnen jetzt gleich ein Rezept gebe, Sie bekommen sie in der

Krankenhausapotheke. Meiner Berechnung nach müsste die Geburt nächstes Jahr in der zweiten Märzwoche erfolgen. Lassen Sie sich einen Termin in zehn Tagen geben, für die erste Ultraschalluntersuchung, dann können Sie die Herztöne Ihres Kindes hören. Herzlichen Glückwunsch, das ist ein wichtiger Augenblick im Leben eines Paares, aus zwei Menschen, die sich zusammengetan haben, wird eine Familie.«

Der Tucumaner lädt mich in die Cafeteria der Universität ein, in einer Dreiviertelstunde beginnt seine nächste Vorlesung, und er macht sich große Sorgen um mich. In der Apotheke waren wir schon und haben das Rezept eingelöst. Wir setzen uns an einen Tisch am Fenster und bestellen Omelett mit gekochtem Gemüse und dazu Mineralwasser, in meinem Zustand das Gesündeste und Beste, was die Speisekarte zu bieten hat, wie der Tucumaner sagt. Während des Essens sprechen wir kaum ein Wort. Um auf andere Gedanken zu kommen, frage ich den Tucumaner anschließend, wie er mit dem Studium vorankommt, ob er viel lernt, ob er Tucumán vermisst. Er sagt, was ihm fehlt, sind die mit Fleisch gefüllten Teigtaschen, die seine Mutter macht, und seine Schwester Marta Paula – von seinen sechs Schwestern ist Marta Paula diejenige, mit der er sich seit jeher am besten versteht. Wieder frage ich mich, warum seine Eltern ihren Kindern so schrecklich klingende Namen gegeben haben, die Kombination Marta Paula hört sich genauso furchtbar an wie Miguel Javier. Miguel Javier erzählt, dass Marta Paula dreißig ist und drei Kinder hat. Sie leben alle bei seinen Eltern, weil Marta Paula sich von ihrem Mann getrennt hat. Sie arbeitet an der Rezeption eines Hotels, das Miami heißt, in der Nähe des Busbahnhofs von San Miguel de Tucumán. Marta Paulas Ex-Mann ist Alkoholiker, Geld bekommt sie von ihm keins, Miguel Javier hat ihr immer wieder mit kleineren Beträgen ausgeholfen, aber seitdem er in Deutschland studiert, bleibt ihm nichts mehr, was er ihr schicken könnte. Seine Neffen und Nichten vermisst er auch. Dem ältesten Neffen hat er Schach beigebracht, er ist ihm offenbar sehr ähnlich und hat die Regeln im Handumdrehen gelernt. Miguel Javier hat sich für ein Wirtschaftsstudium entschieden, weil er begreifen möchte, warum es Armut gibt, er möchte wirklich durchschauen, was sein ganzes bisheriges Leben geprägt hat, und davor das seiner Eltern und Großeltern. Gleich beginnt seine Vorlesung, aber er will offensichtlich nicht aufstehen, so begeistert ist er selbst von den Erzählungen über seine Familie und sein Studium. Ich sage, er soll unbedingt hingehen, alles andere wäre Unsinn, da zahlt er, küsst mich zum Abschied auf die Wange und bricht auf. Ich bleibe sitzen, trinke den Kaffee aus, den ich nach dem Omelett bestellt habe, und genieße die Sonne, die durchs Fenster scheint. Auf halbem Weg zum Ausgang dreht der Tucumaner sich um und winkt mir noch einmal zu. Ich sehe, wie er, vom Licht geblendet, leicht die Augen zukneift, und winke mit der einen Hand zurück. In der anderen halte ich die Tasse. Ich rieche den Duft des Kaffees, der Himmel ist blau, die Sonne wärmt mir das Gesicht, und für einen Augenblick werde ich ruhig, als wäre alles an seinem Platz, als befände sich alles in bester Ordnung.

Ich lasse den Blick über den Tisch, den Boden, die Eingangstür wandern. Dem Tucumaner habe ich nichts davon gesagt, aber ich habe den Ort sofort wiedererkannt. Hier habe ich immer mit meiner Mutter gegessen und gewartet, bis mein Vater mit dem Unterricht fertig war. Die Erinnerung ist so deutlich, dass ich anfange zu zittern. Hier hat meine Mutter mir von Buenos Aires erzählt, von dem alten Haus an der Ecke Avenida Entre Ríos und Calle 15 de Noviembre, in dem die Großeltern auf uns warteten, und ihr Gesicht wurde dabei manchmal ganz ernst, und sie sagte streng, ich solle aufessen. Offensichtlich versuchte sie, auf diese Weise davon abzulenken, dass ihr die Tränen in die Augen stiegen. Ob sie zu weinen anfing, weil sie die Großeltern vermisste oder im Gegenteil weil unsere Rückkehr bevorstand und das Haus so hässlich war, feucht und bis in die hinterste Ecke eingestaubt und von einer Fettschicht überzogen, die mit nichts wegzubekommen war, weiß ich nicht. Dort würden wir jedenfalls wohnen, bis wir etwas anderes fanden, und das bedrückte sie. Später sollte sie die Jahre in Deutschland als eine der glücklichsten Zeiten ihres Lebens erinnern. Als ein glückliches Exil, aber ein Exil, aus dem man nicht zurückkehren will, ist kein Exil. Trotzdem kehrte sie nach Buenos Aires zurück wie jemand, der nach Hause zurückkehrt, und nach Heidelberg kam sie nie wieder, ich auch nicht, bis jetzt, dreißig Jahre danach. Inzwischen bin ich älter, als sie damals war – als sie hier saß und durch dieselben Fenster schaute wie ich in diesem Augenblick.

Und was soll ich jetzt machen? Nach Buenos Aires zurückkehren, diese so überstürzte wie kostspielige Urlaubsreise beenden, wieder anfangen zu arbeiten, eine möglichst billige Wohnung suchen und das Kind zur Welt bringen. Wessen Kind?, frage ich mich. Meins, natürlich. Graue Wolken schieben sich vor die Sonne. Ich ziehe die Jacke an und suche in der Tasche nach ein paar Münzen, für das Trinkgeld. Nein, ich kehre noch nicht zurück, jetzt noch nicht, sage ich mir und seufze erleichtert auf.

4

Vor dem Eingang zum Wohnheim stehen eine Gruppe Studenten, ein Krankenwagen, zwei Polizeiautos und mehrere Nachbarn. Zuerst denke ich an einen Überfall, verwerfe die Idee aber sofort. Als ich näherkomme, erkenne ich einige Gesichter, alle haben die Augen weit aufgerissen, wirken fassungslos. Der Rothaarige löst sich aus dem Gedränge und tritt auf mich zu. Er sagt, ich solle mich lieber hinsetzen, das, was er mitzuteilen habe, werde mich womöglich umhauen, schließlich sei ich schwanger. Ich erwidere, er solle sich keine Sorgen machen, ich könne sehr gut im Stehen zuhören. »Die Japanerin hat sich umgebracht«, verkündet er und sieht mir in die Augen. »Welche Japanerin?«, sage ich, als wüsste ich nicht genau, dass es um Shanice geht, als hätte ich so etwas nicht immer wieder geahnt, wenn ich mich mit ihr unterhielt, als bestünde ernsthaft die Hoffnung, es könne sich um jemand anderen handeln, eine Studentin, die ich nicht kenne. Der Rothaarige umarmt mich und sagt, dass er mich oft mit Shanice zusammen gesehen hat und dass es ihm sehr leidtut. Dann gehen wir zu den anderen, und ich höre Sätze wie »sie hat sich erhängt«, »sie hat einen Abschiedsbrief hinterlassen«, »jemand muss die Eltern benachrichtigen«. Ein Polizist sagt, ich darf erst reingehen, wenn sie mit der Überprüfung fertig sind, was genau sie überprüfen müssen, weiß ich nicht. Zwei Beamte befragen Frau Wittmann, die sich immer wieder an den Kopf fasst oder die Hände vor den Mund schlägt. Die Studenten reagieren teils zynisch, teils hysterisch. Die Zyniker sagen, Selbstmord sei in Japan bekanntlich eine Art Volkssport, die Hysteriker brechen immer wieder in lautes Schluchzen aus. Der Rothaarige umarmt inzwischen eine Amerikanerin aus der Gruppe der Hysteriker. Ich drehe mich um und gehe weg, zum Fluss, ich möchte durchatmen und allein sein, aber noch vor der nächsten Ecke holt mich ein Mann in einem grauen Anzug ein und sagt, ich solle bitte warten, er wolle mir ein paar Fragen stellen.

Wir gehen zurück, der Eingang ins Wohnheim ist jetzt wieder frei, den Speisesaal hat man kurzerhand in eine Art Polizeiwache verwandelt. Wir setzen uns genau an den Tisch, an dem ich mehrmals mit Shanice gefrühstückt habe. Der Mann in dem grauen Anzug zeigt mir seinen Dienstausweis. Was genau darauf steht, verstehe ich nicht, es ist mir aber auch egal. Ich empfinde große Traurigkeit und wünsche mir nur, die Sache so schnell wie möglich hinter mich zu bringen. Das Verhör beginnt. Der Mann fragt, wie ich heiße, wie alt ich bin, wie mein Familienstand ist, was für einer Tätigkeit ich in Argentinien nachgehe und was ich hier mache. Als ich bei der Beantwortung der letzten Frage zögere, verweist der Mann darauf, dass dies ein Studentenwohnheim ist. Ich sage, dass ich gerade mit den Bewerbungsformalitäten für ein Postgraduiertenstudium beschäftigt sei und den Antrag noch diese Woche abgeben werde. Er scheint mit der Antwort zufrieden und fragt, in welcher Beziehung ich zu Shanice stand, er nennt sie allerdings nicht Shanice, sondern spricht von »Frau Takahashi«. Ich sage, dass ich sie wenige Tage nach meiner Ankunft kennengelernt habe und dass wir uns oft unterhalten hätten.

»Könnten Sie beschreiben, wie die Unterhaltungen verlaufen sind?«

»Verlaufen? Ich weiß nicht, hier haben wir zum Beispiel mehrmals zusammen gefrühstückt. Sie war immer fröhlich und hat viel gelächelt.«

»Hat sie Ihnen gegenüber von irgendwelchen Problemen gesprochen, oder von Selbstmord?«

»Nein. Das heißt doch, einmal hat sie erzählt, dass zwei Studienkollegen von ihr Selbstmord begangen haben, in Tokio, aber von Problemen war nie die Rede.«

»Frau Takahashi hat zwei Briefe hinterlassen, einen an ihre Eltern und einen an Sie.«

»An mich?«

»Ja. Überrascht Sie das?«

»Ja.«

»Ich gebe Ihnen den Brief jetzt.«

Der Mann holt einen Umschlag, auf dem mein Name steht, aus einer Plastiktüte und schiebt ihn mir langsam über den Tisch zu. Ich öffne den Umschlag, darin ist ein weißes Blatt Papier, auf dem, in schwarzer Tinte, einige wenige Worte stehen. Der Mann mit dem grauen Anzug bittet mich, den Text vorzulesen.

»Ich hatte viel Spaß, und darüber habe ich meine Traurigkeit eine Weile vergessen.

Alles, was in meinem Zimmer ist, gehört dir.

Ich umarme dich fest und für immer.

Shanice.«

Der Mann sagt, er wird eine Liste aller Dinge anfertigen, die Shanice hinterlassen hat. Ihr Zimmer bleibt bis zur Ankunft ihrer Eltern verschlossen. Er bedankt sich bei mir für die Beantwortung seiner Fragen und fügt hinzu, ich könne jetzt gehen.

Ich bin aufgewühlt und mein Herz schlägt heftig, hoffentlich kommt der Tucumaner bald aus der Vorlesung zurück, er muss unbedingt wissen, was hier passiert ist, ich brauche jemanden, mit dem ich sprechen, der mir das alles erklären kann. Vorläufig habe ich das Gefühl, unter Drogen zu stehen. Die anderen Studenten nehme ich nur als verwischte Umrisse wahr, der Raum um mich herum scheint sich zeitweilig auszudehnen, die Stimmen hallen fern und verzerrt wider. Ich setze mich auf die Schwelle am Eingang und bleibe dort, bis es dunkel ist.

Wäre ich heute Morgen nicht so früh weggegangen, hätte ich mich vielleicht beim Frühstück noch einmal mit Shanice unterhalten, und vielleicht hätte sie sich dann anders entschlossen. Aber der heutige Vormittag kommt mir bereits unendlich weit weg vor. Das Gesicht des Arztes, der aussieht wie Daniel Barenboim, vermischt sich mit anderen Erinnerungen – meine Mutter, die in der Cafeteria der Universität sitzt und weint, die letzte Nacht mit Santiago, der von Shanice organisierte Karaokeabend. Als ginge auf einmal ein Riss durch die Zeit, als wäre die Welt wie durch ein Erdbeben in zwei Teile zerbrochen, und alles, was ich bisher gekannt habe, würde sich auf der einen Hälfte unaufhaltsam von mir entfernen, während ich auf der anderen, unendlich weiten und öden Hälfte davontreibe. Mir wird übel. Ich lege den Kopf auf die Knie, angeblich hilft das gegen Schwindel. Ich merke, dass ich weine, weil ich Tränen sehe, die unter mir auf den Boden tropfen. Jemand legt mir die Hand auf den Rücken, als ich aufblicke, stelle ich fest, dass der Tucumaner neben mir sitzt. »Ich weiß Bescheid«, sagt er und hält mir ein blütenweißes Taschentuch hin, das er aus der Jackentasche gezogen hat.

5

In der Nacht kommt mein Zimmer mir größer vor. Ich sehe Shanice an meinem Bett sitzen, sie wartet auf das Ergebnis des Schwangerschaftstests, ihre Gestalt ist so deutlich zu erkennen, dass ich mich zur Wand drehe, um weiterschlafen zu können. Ihr Körper liegt in dieser Nacht bestimmt in einem Leichenhaus. Der Gedanke, dass die Leichenhäuser hierzulande zweifellos sauber und gut klimatisiert sind, tröstet mich. In einer so auf ihr Äußeres bedachten Stadt wie dieser kann es nicht einmal an solchen Orten richtig unangenehm sein. Ich versuche, an etwas anderes zu denken, etwas Wärmendes, aber mir fällt nichts ein. Ich fürchte, dass mir eine lange Nacht bevorsteht. Ich taste am Boden neben dem Bett herum, bis ich das Buch finde, das ich dorthin gelegt habe. Beim Kofferpacken in Buenos Aires habe ich aufs Geratewohl mehrere Bücher aus meinem Regal eingesteckt, die ich noch nicht gelesen hatte. Ich schalte die Nachttischlampe an. Das Buch ist von Sara Gallardo und hat den Titel *Januar*. Es erzählt die Geschichte eines einfachen Mädchens auf dem Land. Sie ist sechzehn und schwanger. Ein Riesenunglück. Ihr Traum wäre es, Negro, der Mann, den sie liebt, wäre der Vater des Kindes. Es ist aber von jemand anderem. Da muss ich an Marta Paula denken beziehungsweise daran, was der Tucumaner mir über sie erzählt hat. Ich stelle mir vor, wie sie in diesem Augenblick die Schicht an der Rezeption des Hotels Miami beendet, und frage mich, wie sie um die Uhrzeit nach Hause kommt, ob sie den Bus nimmt, ob der Bus in der Nähe der Wohnung ihrer Eltern hält, ob die Kinder schlafen, wenn sie ankommt, oder, bereits fertig für die Schule, dasitzen und Mate trinken. Ich bin sehr müde. Ich sehe mich wieder in meinem Zimmer um, es ist tatsächlich größer geworden und hat sich auch sonst verändert. An den Wänden hängen mit Klebestreifen befestigte Fotos, die ich noch nie gesehen habe – Bilder von Brad Pitt, Einstein, Hello Kitty. Ich versuche, sie abzumachen, aber dabei geht auch die Wandfarbe ab. Irgendwer muss irgendwann hier reingekommen sein und sie angeklebt haben. Da begreife ich – das ist gar nicht mein Zimmer, die Tür ist auf der anderen Seite, und das Bett auch. In der Ecke steht jemand, mit dem

Rücken zu mir, und durchwühlt einen riesigen Koffer. Es ist Shanice, sie lacht und legt T-Shirts und Blusen auf unterschiedliche Haufen, Röcke und Hosen ebenfalls. Ich habe Angst, aber ich freue mich auch. Wie immer macht sie einen zufriedenen Eindruck. Sie sieht mich an, und ich habe keine Angst mehr. Sie sagt, ich soll ihr bitte helfen, die Kleidung zu ordnen, das sei alles für mich. Sie zeigt mir die Etiketten der T-Shirts und Kleider, sie stammen aus Tokio, New York, Paris, Frankfurt. So feine Kleidung habe ich nie besessen. Ich sage mir, dass mir wegen der Schwangerschaft schon in wenigen Monaten nichts mehr davon passen wird, schade. Shanice zieht einen sehr langen pinkfarbenen Schal aus dem Koffer. Sie wickelt ihn mir um den Hals und sagt, er stehe mir großartig. Mehrmals wiederholt sie, ich müsse mich warm anziehen, in Deutschland beginne schon bald der Herbst. Der Schal schnürt mir die Luft ab, außerdem wird mir viel zu warm davon. Meine Arme hängen schlaff an mir herab. Shanice merkt, dass ich kaum atmen kann, und versucht, mir den Schal wieder abzunehmen, es gelingt ihr aber nicht, ihre Hände sind eiskalt und die dünnen Finger ganz steif. Sie sagt, sie fragt Frau Wittmann, ob sie eine Schere für sie hat, ich soll mir keine Sorgen machen, mit der Schere kann sie den Schal durchschneiden und mich von ihm befreien. Meine Verzweiflung wächst, Shanice ist tot – wer würde einer Toten eine Schere geben? Heftig keuchend wache ich auf, die Lampe ist an. Ich halte es nicht mehr im Bett aus, also stehe ich auf, ziehe mich rasch an und gehe mit dem Buch von Sara Gallardo in den Speisesaal hinunter. Es ist drei Uhr am Morgen. Ich lese, bis es hell wird. Bei der Rückkehr in mein Zimmer hat der Tag längst angefangen.

Am Mittag wache ich auf. Als ich die Treppe hinunterkomme, spricht mich Frau Wittmann an, sie sagt in besorgtem Tonfall, spätestens in drei Tagen müsse ich ihr meine Immatrikulationsbescheinigung vorlegen, mehr Zeit könne sie mir nicht einräumen. Ich antworte rasch mit irgendeiner Ausrede, verspreche am Ende aber, dass ich ihr die Bescheinigung bringe. Dann sagt sie, am Abend kämen Shanices Eltern, sie würden bestimmt mit mir sprechen wollen.

Ich gehe raus, zum Marktplatz, in das Café, wo ich an dem Tag, als ich ankam, gefrühstückt habe. Damals wusste ich noch nicht, dass ich schwanger bin, und Shanice kannte ich auch noch nicht. Mein Haar reichte mir noch bis zur Hüfte und war schwer, wie ein Mantel aus Trauer. Zu dem Zeitpunkt redete ich mir ein, ich würde mich mit niemandem verständigen können, später wachte mein Deutsch aber in irgendeiner Ecke meines Gehirns wieder auf, und jetzt kann ich mich mühelos mit allen unterhalten. Heute Abend lerne ich also Shanices Eltern kennen. Was sagt man zu jemandem, der gerade sein Kind verloren hat? Bei dem Gedanken überläuft es mich eiskalt. Ich habe keine Ahnung, wer Shanice in Wirklichkeit war und warum sie mir ihre Sachen vermacht hat. Wir haben uns ein paar Mal unterhalten, sie hat viel gelacht, das war alles. Na gut, es gab noch die Sache mit dem Schwangerschaftstest, aber das war schnell erledigt, und gleich danach habe ich ihr gesagt, sie soll mich bitte allein lassen. Vielleicht hat der Tucumaner ja recht mit dem, was er gestern noch gesagt hat – die Japaner seien nun mal seltsam, man solle gar nicht erst versuchen, sie zu verstehen. Ich bezahle den Kaffee und spaziere am Neckar entlang. Eine Gruppe italienischer Touristen bittet mich, ein Foto von ihnen zu machen. Als ich die Kamera zurückgebe, fragen sie, woher ich komme, und im ersten Augenblick weiß ich nicht, was ich antworten soll.

Drei

1

Herr und Frau Takahashi geben mir zur Begrüßung die Hand und sehen mich traurig, aber freundlich an. Wir setzen uns in den Empfangsraum des Wohnheims, auf den Sesseln dort haben sich am Karaokeabend mehrere Studentenpärchen geküsst. Frau Wittmann bringt Tee und lässt uns allein. Herr und Frau Takahashi stellen mir Fragen zu den letzten Tagen Shanices, sie scheinen aber nicht so sehr an Erklärungen für ihren Selbstmord interessiert, wichtiger ist ihnen offensichtlich, den Erinnerungen an ihre Tochter noch ein paar Bilder hinzufügen zu können. Wir sprechen Englisch, Shanices Eltern sanft und flüssig, ich dagegen aufgeregt und stockend, bei jedem zweiten Wort muss ich überlegen. Außerdem bin ich bei allem, was ich sage, besorgt, wie sie es wohl aufnehmen werden. Allzu viel zu sagen gibt es ohnehin nicht. In der Erinnerung gehe ich meine Begegnungen mit Shanice noch einmal durch und reichere sie mit Einzelheiten an, die ihnen gefallen könnten. Immer wieder schweigen wir lange, lächeln uns bekümmert an und wechseln zeitweilig das Thema, sprechen über das Wetter in Deutschland, ihre Reise von Tokio hierher, die Kindheit Shanices, der es als Mädchen offenbar an nichts gefehlt hat. Frau Takahashi bedankt sich für die Zeit, die ich mit Shanice zugebracht habe. »Sie hat dich wirklich gemocht«, sagt sie. Ich sage mir, dass das absurd ist, dass ich so viel Zuneigung von Shanice nicht verdient hatte, wir hatten uns doch kaum kennengelernt, ihre Gefühle zu mir müssen vor allem ein Ergebnis ihrer Einbildungskraft gewesen sein. Ich traue mich aber nicht, ihnen zu sagen, dass man von einer wirklichen Freundschaft zwischen Shanice und mir nicht sprechen kann, stelle zu meiner Verwunderung jedoch fest, dass ich so tue, als wäre Shanices Verlust für mich fast ebenso schmerzhaft wie für sie. Je länger wir uns unterhalten, desto deutlicher erkenne ich Shanices Züge in ihren Gesichtern wieder, und ich bekomme das Gefühl, dass ich sie tatsächlich vermisse, dass ich sie gerne wiedersehen würde und ihr Verschwinden auch bei mir eine tiefe Wunde hinterlassen hat.

Eine Trauerfeier wird es nicht geben. Dafür haben Shanices Eltern beschlossen, sie hier in Heidelberg beerdigen zu lassen. Seltsamerweise sind sie der Ansicht, ihre Tochter sei in der Stadt, in der sie sich das Leben genommen hat, glücklich gewesen und hätte es nicht anders gewollt. Frau Takahashi bittet mich, ihr bei der Auswahl der Kleidung zu helfen, die die Tote im Sarg tragen soll. Dann sagt sie, ihr Mann und sie wüssten, was Shanice in dem Abschiedsbrief an mich geschrieben hat, und sie würden ihrem Wunsch entsprechen. »Wenn wir die Kleidung für die Beerdigung ausgewählt haben, ist der Rest für dich«, sagt Herr Takahashi. »Und für das Kind, das du zur Welt bringen wirst«, ergänzt seine Frau. Dann neigt sie den Kopf zur Seite und fügt hinzu: »Shanice hat uns einen langen Brief hinterlassen, darin erzählt sie, wie sie dir bei dem Schwangerschaftstest geholfen hat und dass sie sich dabei nützlich gefühlt hat und sehr bewegt war, für sie war das ein großer Tag.«

Nur wenige Studenten kommen zu der Beerdigung, außerdem zwei Lehrer, Frau Wittmann, Herr und Frau Takahashi und ich. Der Himmel ist bleigrau, die schwermütige Zeremonie läuft reibungslos und ohne Stocken ab. Ich habe das Gefühl, das Ende eines sehr traurigen Films mitzuerleben. Irgendwann kommt der Tucumaner angelaufen, stellt sich neben mich, und auf einmal verändert sich das Bild – mein Nebenmann fällt eindeutig aus dem Rahmen. »Ich hab keine schwarzen Schuhe gefunden«, flüstert er mir zu. Er ist vollständig dunkel gekleidet, nur die Füße stecken in hellbraunen Halbschuhen. Dass er versucht, sich so feierlich zu geben, bringt mich zum Lachen, ich kann gerade noch verhindern, dass ich laut losplatze. Herr Takahashi weint jetzt und sagt etwas auf Japanisch. Auch ohne die Worte zu verstehen, ist allen klar, dass sich darin verzweifelte Trostlosigkeit Bahn bricht. Ich presse die Hand des Tucumaners. Beklommenes Schweigen macht sich breit. Manche senken den Kopf und starren auf die Stelle, wo die aufgewühlte Erde Shanices Körper bedeckt, als läge dort die Antwort auf das Geheimnis unseres Daseins verborgen.

2

Sosehr ich versuche, mir die Verwunderung nicht anmerken zu lassen, fühle ich mich angesichts der Unmenge an Sachen in Shanices Zimmer dennoch wie gelähmt. Ihre Mutter ist damit beschäftigt, sie zu ordnen. Sie scheint eine gewisse Erleichterung aus dieser Aufgabe zu ziehen, ja, zeitweilig wirkt sie geradezu amüsiert. Unsicher murmele ich, ein so großes Geschenk hätte ich gar nicht verdient. Sie fällt mir ins Wort und sagt, heftig mit den Händen fuchtelnd wie Shanice, davon könne keine Rede sein, ich solle jetzt bloß nicht nein sagen, alles sei längst entschieden, außerdem wären diese Dinge nur für mich von Wert, andernfalls würden sie im Müll landen. Herr und Frau Takahashi müssen viel Geld haben, sage ich mir, das ist nicht zu übersehen – in Shanices Zimmer befinden sich zwei Kameras, ein Handy, ein Notebook, ein iPod, ein iPad, ein Lesegerät für E-Books, ein Beamer, ein Föhn, ein Schminkköfferchen, eine Schatulle voller Ohrringe, Armbänder, Broschen und Halsketten, fünf Paar Schuhe, drei Paar Sandalen, drei Paar Turnschuhe, fünf Jeans, zwei Leinenhosen, zwei Wollmäntel, zwei Regenjacken, acht Blusen, elf T-Shirts, sieben Kleider, sechs Pullover, zwei Schals, eine Armbanduhr, ein Thermobecher, drei Hefte, ein elektrisches Epiliergerät, eine Hello-Kitty-Puppe, ein japanisch-deutsches Wörterbuch, eine Lesebrille, eine Sonnenbrille, Ansichtskarten von Schlössern und Burgen, ein Stadtplan von Heidelberg, ein Stadtplan von Frankfurt, eine deutsche Grammatik, eine spanische Grammatik, Modezeitschriften, zwei Brieftaschen, eine Handtasche, zwei Koffer.

Als sie alles durchgesehen hat, ist Frau Takahashi erschöpft, aber ihr Gesichtsausdruck hat sich verändert, sie wirkt jünger und lebendiger. Wir haben die Sachen auf mehrere Kisten verteilt, die ich jetzt eigentlich in mein Zimmer bringen müsste. Frau Takahashi sagt, sie geht ins Hotel, um sich ein bisschen auszuruhen, und holt mich am Nachmittag ab. Dann will sie mit mir Tee trinken. Ich weiß nicht, wie ich mich für dieses so große Geschenk bedanken soll, ich habe ein seltsames Gefühl, wirklich wohl ist mir dabei nicht. Frau Takahashi lächelt und sagt, dass ich alles, was ich nicht behalten will, verschenken oder wegwerfen soll, und geht mit eiligen Trippelschritten davon. Ich klopfe an die Tür des Tucumaners, um ihn zu bitten, mir mit den Kisten zu helfen. Als er aufmacht, hat er ein Buch in der Hand und einen Bleistift zwischen den Zähnen, den Anzug von der Beerdigung trägt er immer noch, aber er ist barfuß. Er sagt, er kommt gleich, ich soll bitte warten. Ein paar Minuten später tritt er aus dem Zimmer, er hat sich das Haar nass zurückgekämmt und Turnschuhe angezogen und macht einen zufriedenen Eindruck. Er geht hastig vor mir durch den Flur, wie ein Kind auf dem Weg ins weihnachtliche Wohnzimmer, das wissen möchte, was für Geschenke das Christkind ihm gebracht hat.

Im Gegensatz zu mir ist Miguel Javier hellauf begeistert von den Sachen, die Shanice mir vererbt hat. Während wir in meinem Zimmer die Kisten auspacken, ruft er aus: »Das gibt's ja nicht! Die hat echt Kohle gehabt, die Kleine!« Ich sehe ihn streng an, und er entschuldigt sich, fügt aber hinzu, dass er es unmöglich finde, dass reiche Leute sich das Leben nehmen, er respektiere es, aber er finde es trotzdem unmöglich. Ich probiere ein Paar Schuhe an und stelle fest, dass sie mir zu klein sind. Ich frage Miguel Javier, welche Schuhgröße Marta Paula hat. Er sagt, er weiß es nicht, dass die Schuhe ihr aber bestimmt passen, also nehmen wir eine der Kisten, um sie nach Tucumán zu schicken.

Wir füllen sie mit Schuhen und mehreren Kleidungsstücken. Danach nehmen wir uns Shanices Fotokameras und das Handy vor. Darauf sind von ihr selbst aufgenommene Videos gespeichert, die zeigen, wie sie ihr Zimmer aufräumt, im Unterricht mitschreibt, Schuhe kauft oder das Schloss besichtigt. Manchmal spricht sie Japanisch, manchmal Deutsch. Alles, was man zu sehen bekommt, beschreibt sie mit übertriebener Begeisterung. Ob sie die Aufnahmen an jemanden senden wollte oder sich einfach nur gerne selbst zusah, kann ich nicht sagen. Die meisten Videos sind jedenfalls ziemlich albern und langweilig, das mit dem Schloss ist jedoch anders, ja, es ist schön. Shanice fährt mit der Seilbahn hinauf, man sieht lächelnde Touristen und anschließend die Stadt von oben, und dazu singt Shanice ein Lied auf Japanisch, offenbar ein Kinderlied, eine wunderschöne melancholische Melodie. Ich muss an den Ausflug mit dem Tucumaner denken, bei dem er mir auf den Kopf zugesagt hat, dass ich schwanger bin. Auch meine Schlossbesuche als Kind fallen mir wieder ein, es sind undeutliche, aber glückliche, wenn auch ebenfalls leicht melancholische Erinnerungen. Ich frage mich, ob Shanice schon damals vorhatte, sich das Leben zu nehmen. Ich sehe, wie sie einen der Schlosshöfe betritt, dann richtet sie die Kamera auf ihre Schuhe, es sind die hübschen blauen Schuhe, die wir gerade in die Kiste für Marta Paula gelegt haben. Bald wird sie damit über die abgetretenen Teppiche im Hotel Miami, den Boden in der Wohnung von Miguel Javiers Eltern und die Straßen des Stadtteils Palmeras gehen. Dass das Viertel so heißt, weiß ich erst, seit ich die Adresse gelesen habe, die der Tucumaner auf das Paket geschrieben hat. *Hotel Miami* im Stadtteil *Palmeras*, keine Ahnung, ob Miguel Javier merkt, was für eine absurde Kombination das ist. Irgendwann richtet Shanice die Kamera auf eine halb verwitterte, mit Efeu bewachsene Schlossmauer. Von da an ist siebzehn Minuten lang nichts anderes zu sehen. Miguel Javier wiederholt, was er an dem Abend nach Shanices Selbstmord gesagt hat – die Japaner seien nun mal seltsam, man solle gar nicht erst versuchen, sie zu verstehen.

Wie angekündigt, kommt Frau Takahashi ein paar Stunden später wieder, um mich abzuholen. Sie hat sich umgezogen, anstelle des schweren dunklen Kostüms von der Beerdigung trägt sie jetzt ein leichtes helles Kleid. Ich bin unendlich müde und würde mich am liebsten eine Weile hinlegen, folge ihrer Einladung, zusammen Tee trinken zu gehen, aber widerspruchslos. Am Marktplatz zeige ich ihr das Café, wo ich am Tag meiner Ankunft gefrühstückt habe, und erzähle, wie ich meinen ersten Tag hier verbracht habe, von dem langen Rundgang zu den Orten, die während der Zeit, die ich als Kind hier gelebt habe, wichtig für mich waren, an die ich mich aber kaum noch erinnerte. Frau Takahashi findet alles, was ich sage, interessant, was sie mich merken lässt, indem sie immer wieder weit die Augen aufreißt und breit lächelt, sobald ihr etwas gefällt. Mehrmals unterbricht sie mich mit kurzen Bemerkungen darüber, wie schön die Stadt doch sei und wie toll sie es finde, neue Orte kennenzulernen. An jeder Ecke deutet sie auf irgendetwas und drückt ihr Entzücken darüber aus. Das alles wäre nichts Besonderes, wäre da nicht die Tatsache, dass sie heute Morgen in eben dieser Stadt ihre einzige Tochter zu Grabe getragen hat. Als wir gerade in ein Café gehen wollen, fragt sie, ob es hier nicht ein Lokal mit mehr jungen Leuten gibt. Ich verstehe die Frage nicht und muss sie mehrmals bitten, sie zu wiederholen. Als ich endlich begreife, schlage ich vor, in die Universitätscafeteria zu gehen, wo immer jede Menge Studenten seien. Sie strahlt und ruft, mit den Händen fuchtelnd, aus: »Au ja, da möchte ich gerne hin!« Also machen wir uns dorthin auf den Weg.

Bei der Ankunft ist Frau Takahashi begeistert. Sie bestellt Kräutertee und Birnentorte für uns beide. Um uns herum sitzen Studenten aus allen Teilen der Welt, keiner ist älter als dreißig. Der eine oder andere hat vielleicht gemeinsam mit Shanice Unterricht gehabt. Die Tasse in der Hand haltend, beobachtet Frau Takashi die jungen Leute und sagt: »Dieses Jahr werde ich zweiundsechzig, kannst du dir das vorstellen?« Sie wirkt tatsächlich viel jünger. Sie hat kaum Falten im Gesicht, und ihre Augen glänzen frisch und erwartungsvoll. Ich weiß nicht mehr, worüber ich noch mit ihr sprechen soll, also rede ich über den Tee, die Torte, die köstlichen deutschen Backwaren. Sie starrt unterdessen hartnäckig einen schwarzen Studenten an, womöglich kommt er aus irgendeinem Land in Mittelamerika. Bald wird es mir peinlich, dass sie ihn so unverhohlen mustert. Da sagt sie, der ist aber schön. Ich nicke lächelnd, und mir ist klar, dass wir ab sofort, wenigstens in ihren Augen, Freundinnen sind, die sich über ihre Geheimnisse austauschen, und dass das noch viel seltsamere Äußerungen nach sich ziehen wird. »Glaubst du, die ausländischen Studenten haben mehr Sex als die deutschen?«, fragt sie als Nächstes. Ich muss an den Albaner und unser so überstürztes wie flüchtiges Techtelmechtel denken. »Keine Ahnung, in der Hinsicht habe ich hier noch keine Erfahrungen gemacht«, antworte ich. Frau Takahashi erzählt, dass sie sich, als sie mit Shanice schwanger war, von allen Männern in ihrer Umgebung sexuell angezogen gefühlt habe, selbst wenn sie total hässlich oder nahe Verwandte gewesen seien. Dann bricht sie in lautes Lachen aus. Als sie sich wieder beruhigt hat, sagt sie, sie sei ihrem Mann aber immer treu gewesen, was sie jetzt bereue, das Leben sei schließlich kurz, und Sex die schönste Erfahrung, die man haben könne. Der schwarze Student, der mit mehreren Kommilitonen am Nebentisch sitzt, die lachend irgendwelche Fotokopien austauschen, sieht ab und zu kurz zu uns herüber. Ich frage mich, was Herr Takahashi in diesem Augenblick wohl macht, ob er es geschafft hat, einzuschlafen, sich ein wenig zu erholen, oder ob er bei hinuntergelassenen Rollos allein in seinem dunklen Hotelzimmer sitzt und weint. Ich lenke das Gespräch auf Shanices Videos und frage Frau Takahashi, ob sie sie haben möchte, wenn sie wolle, könne ich ihr Kopien davon machen, eins sei besonders schön, da sehe man sie bei ihrem Besuch auf dem Schloss. Frau Takahashi erwidert, Shanice habe ihnen regelmäßig solche Videos geschickt, noch mehr davon brauche sie nicht. Der schwarze Student steht auf und geht mit seinen Freunden hinaus, Frau Takahashi blickt ihm hinterher, und er wendet einmal kurz den Kopf und sieht sie an. Sie seufzt, trinkt einen Schluck Tee und verkündet etwas später, sie wolle noch ein paar Wochen in Heidelberg bleiben, ihr Mann müsse aus beruflichen Gründen zurück nach Tokio, sie habe jedoch beschlossen, ihren Aufenthalt zu verlängern. »Was machst du morgen?«, fragt sie. Ich versuche vergeblich, mir schnell etwas einfallen zu lassen. »Nichts Besonderes«, sage ich schließlich. »Ich möchte gern das Schloss besichtigen«, sagt Frau Takahashi und bittet mich, sie zu begleiten, sie werde mich morgen gleich in der Frühe abholen.

3

Überall in meinem Zimmer sind jetzt Sachen von Shanice, auch auf dem Bett und dem Boden. Wie viel sie im Einzelnen wert sind, ist mir noch nicht klar, aber dass ich wieder ein eigenes Notebook habe, freut mich sehr. Eine der Kameras werde ich wohl verkaufen, mit dem Geld kann ich die Wohnheimgebühr für den nächsten Monat bezahlen. Ich lasse Shanices Computer hochfahren, er enthält Hunderte von Dateien, die meisten sind auf Japanisch. Ein Ordner besteht aus lauter Kindheitsfotos, auf vielen davon ist sie mit ihrem Vater zu sehen. Eine hübsche pausbäckige kleine Japanerin, die in einem Vergnügungspark, einer Eisdiele, auf einem Bahnhof vor der Kamera posiert. Herr Takahashi ist auf den Bildern zwanzig Jahre jünger und sieht wirklich gut aus. Und seine Frau? Shanices Mutter taucht auf keinem einzigen Bild auf.

Am besten, ich mache eine Kopie all dieser Dateien und lösche anschließend alles, was auf der Festplatte ist, dann habe ich einen Computer, der wie neu ist, und kann damit unter anderem auch wieder Kontakt nach Buenos Aires aufnehmen. Aber vorläufig bin ich viel zu müde und muss das Ganze auf später verschieben. Vielleicht liegt es an der Schwangerschaft, sage ich mir. Während ich einschlafe, murmele ich unverständliches Zeug vor mich hin.

Es regnet. Frau Takahashi ist nicht gekommen. Ich sitze im Speisesaal und bin mit dem Frühstück fast fertig. Am liebsten würde ich mich gleich wieder ins Bett legen. Ich denke über die Texte von Shanice nach. Als ich gestern Abend versuchte, schlau daraus zu werden, lenkte mich das auch von der Stimme in meinem Inneren ab, die hartnäckig immer wieder die Frage stellt: Und was machst du jetzt?

Frau Takahashi kommt wohl nicht mehr, wahrscheinlich lässt sie den Ausflug zum Schloss wegen des schlechten Wetters ausfallen. Dafür habe ich jetzt also wieder ein Notebook und kann damit ins Internet gehen – ich müsste dringend E-Mails beantworten. Bei der bloßen Vorstellung sinkt meine Stimmung in den Keller. In Buenos Aires habe ich jeden Tag E-Mails geschrieben und beantwortet, aber hier ist alles anders, hier verläuft die Zeit auf seltsame Weise und nichts ist wie gewohnt. Wie lange kann ich es mir noch leisten, nicht im Internet und damit auch nicht im Leben der anderen aufzutauchen, wie lange kann ich es zulassen, dass mein E-Mail-Konto sich mit Meldungen von Leuten füllt, die Erklärungen verlangen, ihre Sorge zum Ausdruck bringen, Dinge einfordern, an die ich mich nicht mal mehr erinnern kann? Bis wann kann ich die Rückreise aufschieben? Und wenn die anderen mich einfach irgendwann vergessen? Ein Mensch, an den sich niemand erinnert, ist wie tot. Und Tote haben in der Welt der Lebenden nichts verloren. Erst jetzt merke ich, dass Frau Wittmann sich zu mir an den Tisch gesetzt hat, um nach der Immatrikulationsbescheinigung zu fragen. Beim Klang ihrer Stimme fahre ich zusammen. Ich sage, dass ich sie ihr heute Nachmittag bringe. Dann ziehe ich eine von Shanices Regenjacken an und mache mich auf den Weg zur Universität, vielleicht kann ich dort eine Lösung finden.

4

Im Immatrikulationsbüro sitzt eine große blonde Sekretärin. Ich erkläre ihr, dass ich mich gerne für einen Postgraduiertenkurs einschreiben würde, am besten in Literatur, Geschichte oder einem anderen geisteswissenschaftlichen Fach. Mir ist klar, dass meine Frage ein wenig absurd klingen muss, so macht man das eigentlich nicht. Die Sekretärin sieht mich ungerührt an und sagt kein Wort. Wahrscheinlich fragt sie sich, was ich in Wirklichkeit vorhabe und woher ich, meinem Akzent nach zu urteilen, wohl komme. Dann legt sie mir alle möglichen Anträge, Studienpläne und Terminübersichten vor. Sie bemüht sich, freundlich zu sein, bleibt aber unerbittlich – die Vorlesungszeit hat schon begonnen, Einschreibungen in laufende Seminare sind nicht möglich. Als ich sie fragen will, ob es vielleicht noch irgendwelche Blockseminare, Workshops oder etwas Derartiges gibt, hat sie sich bereits wieder ihrer Arbeit zugewandt und sieht mich nicht mal mehr an. Mir wird schwindlig. Ich gehe hinaus, ich muss unbedingt ein Glas Wasser trinken und eine Weile in Ruhe irgendwo sitzen. Die Tür des Raums neben dem Immatrikulationsbüro steht offen, im Inneren findet Unterricht statt. Ich gehe hinein und setze mich auf einen der wenigen freien Plätze. Niemand kümmert sich um meine Anwesenheit. Bei dem Raum handelt es sich um einen riesigen altmodischen holzgetäfelten Vorlesungssaal. Er kommt mir bekannt vor, auch der Geruch, ich habe das Gefühl, schon einmal hier gewesen zu sein. Der Akzent des Professors, der gerade spricht, kommt mir ebenfalls bekannt vor. Sein Deutsch ist hervorragend, aber an den Rs und der Sprachmelodie glaube ich zu merken, dass er Argentinier ist. Ich frage die Studentin, die vor mir sitzt, worum es in der Vorlesung geht. »Lateinamerikanische Philosophie«, sagt sie. Was jetzt passiert, kann ich nur als Wunder bezeichnen – auf einmal erkenne ich den Professor, es ist Mario, ein ehemaliger Schüler meines Vaters, der lange bei uns in Heidelberg gewohnt hat. Er war zur Zeit der Militärdiktatur, als sich abzeichnete, dass man ihn verhaften würde, aus Argentinien geflohen und hatte hier Deutsch gelernt und zu Ende studiert. Ich ging damals oft mit ihm in eine Eisdiele am Marktplatz und brachte ihm bei, wie die verschiedenen Sorten auf Deutsch heißen. Auch im Schloss waren wir mehrmals zusammen, auf dem Weg dorthin erzählte er mir jedes Mal aus dem Stegreif eine Geschichte. Eine gefiel mir besonders gut, sie handelte von einer Prinzessin, die einen Kuchen in den Backofen des Schlosses schob, wo er immer größer und größer wurde, bis er zuletzt das ganze Gebäude auseinandersprengte. Der Mann, der dort vorn steht und einen komplizierten Gedankengang des argentinischen Philosophen Carlos Astrada darlegt, ist Mario, der nervöse junge Mann, der ständig an seinen Nägeln herumkaute und in Tränen ausbrach, wenn aus Buenos Aires Briefe für ihn eintrafen, der aber auch beim Geschirrabtrocknen fröhlich vor sich hin pfiff und mir zeigte, wie man spiralenförmig eine Orange schält. Dieser ein wenig gealtert und unbeholfen wirkende Mann mit dicker Brille und brüchiger Stimme, dem alle aufmerksam zuhören, war mein erster Freund.

Mario putzt seine Brille, setzt sie wieder auf, sieht mich erneut an. Umgeben von Studenten, die nach Prüfungsdaten und Lektürelisten fragen, stehe ich vor ihm. Gerade erst habe ich ihn angesprochen: »Hallo Mario.« Und er ist knallrot geworden. Wahrscheinlich spricht ihn sonst nie jemand mit dem Vornamen an, und auch auf Spanisch wohl nur selten. Offensichtlich fragt er sich, wer ich bin, lächelt dazu schüchtern und murmelt ein paar kaum verständliche Worte. Aber wie sollte er mich auch erkennen, wir haben uns vor fast dreißig Jahren zum letzten Mal gesehen. Da schließt er mich auf einmal in die Arme. Jetzt werde *ich* rot, ich kann einfach nicht glauben, dass er mich tatsächlich wiedererkannt hat. Wir lächeln uns an, umarmen uns erneut. Mehrere Studenten nähern sich, sprechen ihn mit »Herr Professor« an und fragen etwas wegen eines Artikels, den sie bis nächste Woche lesen sollen. Mario bittet mich, an der Tür auf ihn zu warten, und sagt, es sei ja unglaublich, dass ich hier bin, das sei die schönste Überraschung seit Jahren.

Mario lädt mich zu sich nach Hause ein. Unterwegs gesteht er, dass er mich erkannt hat, weil ich meiner Mutter so ähnlich sehe und weil er vor einiger Zeit im Internet nach mir gesucht und ein paar Fotos entdeckt hat. Er lebt allein in einer ziemlich großen Wohnung, deren Mieter er schon seit vielen Jahren ist. Wir kochen Nudeln mit Tomatensoße und unterhalten uns dabei ununterbrochen. Ich verrate ihm alles – dass ich schwanger bin, dass ich nicht genau weiß, wer der Vater ist, dass ich hier eine Japanerin kennengelernt habe, die sich umgebracht hat, und, noch davor, einen Argentinier aus Tucumán. Auch von Frau Takahashi erzähle ich, und dass ich in einem Studentenwohnheim lebe, dessen Leiterin, Frau Wittmann, meine Immatrikulationsbescheinigung sehen möchte. Mario hört mir aufmerksam zu, was mich sehr beruhigt. Nach dem Essen holt er mehrere Schachteln mit Fotos und Briefen aus der Zeit hervor, als wir in Heidelberg lebten. Auf den Fotos bin ich ein kleines Mädchen, und er ist etwas jünger, als ich jetzt bin. Er erzählt, wie er sich an das hiesige Leben gewöhnt und irgendwann beschlossen hat, nicht nach Buenos Aires zurückzukehren, obwohl sich mehrmals Gelegenheiten dazu boten, die er eigentlich hätte nutzen müssen. Er sagt, er würde es nicht ertragen, dort unterwegs zu sein, wo 1979 seine erste und größte Liebe verschwunden sei, außerdem seien seine Eltern inzwischen tot. Mir wird klar, dass Mario homosexuell ist und das auch immer schon war. Seine erste Liebe war ein wunderschöner junger Mann mit großen Augen und fröhlichem Ausdruck, auf mehreren Fotos, die er mir zeigt, ist er zu sehen. Er sagt, er könne nicht ohne ihn in Buenos Aires sein, der Gedanke daran, was sie ihm angetan hätten, sei viel zu schmerzhaft, darüber würde er verrückt werden, er sei nicht so stark und mutig wie andere, die damals Angehörige verloren haben. All das erzählt er sehr gefasst, als ginge es um etwas, was sich rational begründen lässt.

Er will mit Frau Wittmann sprechen, er ist schließlich Professor an der Heidelberger Universität und wird zu ihr sagen, dass ich tatsächlich hier studiere. Ich erwidere, irgendein offizieller Nachweis würde völlig ausreichen, ob er mir nicht so etwas beschaffen könne. Er fragt, warum ich unbedingt in diesem Studentenheim wohnen will. Ich weiß nicht, wie ich es erklären soll – dort ist es, als wäre man nirgendwo, man ist allein, hat aber viele Menschen um sich, hat alles, ohne etwas zu besitzen, und wird von niemandem wahrgenommen. Was ich zu ihm sage, ist dagegen, dass es billig ist. Da bietet er mir an, bei ihm zu wohnen, er sagt, er hat ein Zimmer frei, ich könne so lange bleiben, wie ich möchte. Ich bedanke mich und sage, ich wolle es mir überlegen. Er lässt nicht locker und sagt, es wäre nicht gut für mich, allein zu sein, wenn die Schwangerschaft weiter fortgeschritten sei. Draußen regnet es. Auf der weißen Tischdecke liegen mehrere Fotos und vergilbte Briefe zwischen Brotkrümeln, Tellern mit Soßenresten und leeren Gläsern. Eine Weile sagen wir nichts, dann räumen wir das Geschirr ab und legen die Fotos vorsichtig in die Schachteln zurück, wie Teile eines kostbaren Schatzes, dessen wahren Wert nur wir beide kennen. Danach machen wir Kaffee. Mario verspricht, das mit der Bescheinigung für Frau Wittmann noch heute zu erledigen, und wir lächeln uns an. Beide wissen wir, dass wir jetzt ein bisschen weniger allein und ein bisschen weniger hilflos sind.

5

Am Abend erscheint Frau Takahashi im Wohnheim. Ich will gerade in mein Zimmer hinaufgehen, um zu duschen und mich ins Bett zu legen, da sehe ich sie in einem schwarzen Kleid und mit grell rot geschminkten Lippen in der Tür stehen. Ich sage, um diese Uhrzeit darf ich hier keinen Besuch mehr empfangen, und sie antwortet, ich soll rauskommen. Dann fügt sie hinzu, sie sei mit dem Taxi unterwegs, sie wolle mich zum Abendessen einladen. Ich sage, ich wolle bloß eine Suppe essen und dann schlafen gehen, aber sie fleht mich geradezu an, sie zu begleiten. Wir steigen ins Taxi. Ich frage nach Herrn Takahashi, und sie antwortet, der sei heute Morgen nach Tokio aufgebrochen. »Wohin gehen die Studenten, wenn sie hier abends losziehen?«, fragt Frau Takahashi anschließend neugierig. »Keine Ahnung«, sage ich, ohne mich zu bemühen, mein Unbehagen zu verbergen. Da stellt sie dem Taxifahrer dieselbe Frage, und der fährt uns zu einem düsteren Loch, wo es sehr laut ist und viel Alkohol und wenig Essen konsumiert werden. Ich verspreche mir, mich nie wieder auf so etwas einzulassen. Aber wo ich schon einmal hier bin, versuche ich, das Beste daraus zu machen. Ich gehe die Karte durch und entdecke einen Drink, zu dem auch Chips und anderes Knabberzeug serviert werden. Ich sage dem Kellner, er möge ihn mit möglichst wenig Alkohol mixen, muss das aber mehrmals wiederholen, weil die Musik so laut ist. Frau Takahashi bestellt Champagner und irgendwelche Häppchen mit Fisch. Zwei Deutsche – wie alt sie sind, lässt sich schwer sagen – nähern sich unserem Tisch und fragen, ob sie sich zu uns setzen dürfen. Frau Takahashi sagt ja. Der Kellner bringt unsere Sachen, und die beiden Deutschen bestellen Bier. »Und, was machen Sie hier so?«, fragt einer der beiden auf Englisch. »Heute machen wir einfach mal Girls' Night«, antwortet Frau Takahashi. »Oh, gut, sehr gut«, erwidert der andere Deutsche auf Deutsch und fragt dann, auf Englisch, was uns nach Heidelberg geführt hat. »Wir sind Touristinnen«, sage ich, aber da hebt Frau Takahashi die Hand und unterbricht mich: »Ich bin zur Beerdigung meiner Tochter hierhergekommen, sie hat hier studiert.« Die Deutschen sehen sie erstaunt an und bitten sie, noch einmal zu wiederholen, was sie gerade gesagt hat, es sei so laut hier, sie hätten sie nicht richtig hören können. Frau Takahashi sagt noch einmal: »Ich bin zur Beerdigung meiner Tochter gekommen, sie hat sich vor drei Tagen das Leben genommen, aber das ist jetzt vorbei, heute ist Girls' Night.« Die Deutschen sehen sich verwirrt an. Der Kellner bringt das Bier. Frau Takahashi sagt, wir sollten anstoßen, auf diese schöne Stadt voller schöner Menschen. Wir heben die Gläser, prosten uns zu und trinken. Eine Weile sagt niemand ein Wort. Dann verkündet einer der Deutschen – der größere –, er feiere heute, dass er seit einem Jahr geschieden sei, und er freue sich, das in Gesellschaft so hübscher Frauen zu tun. Frau Takahashi lacht. Mir wird schlecht. Frau Takahashi steht auf und fängt an, ausgelassen neben dem Tisch zu tanzen. Der größere der beiden Deutschen steht auf und schließt sich ihr an. Der andere sieht mich an und sagt, ich sei ja ganz blass. Ich möchte aufstehen, kann aber nicht. Ich sage, dass mir nicht gut ist, und übergebe mich, auf seine Schuhe. Der Deutsche schreit, und ich übergebe mich noch einmal. Der Kellner kommt und schimpft, Frau Takahashi erklärt, ich sei schwanger. Ich sage zu ihr, sie solle bitte sofort ein Taxi bestellen, das mich zurück ins Wohnheim bringt. Der größere Deutsche sagt in belehrendem Tonfall, Schwangere dürften keinen Alkohol trinken. Frau Takahashi gibt dem Kellner mehrere Geldscheine und sagt, er solle ein Taxi anrufen. Auf dem Rückweg sitzen wir schweigend nebeneinander im Auto, bis sie irgendwann mit düsterer Stimme sagt: »Ihren Vater hat Shanice immer bewundert, aber vor mir hat sie Angst gehabt, Angst davor, dass sie eines Tages so würde wie ich. Aber sie war schon immer genau wie ich, da war nichts zu machen. Sie war sehr tapfer, findest du nicht?« Ich sage, das wisse ich nicht, wir sollten uns jetzt besser ausruhen, wir hätten sehr schwierige Tage hinter uns. Als ich vor dem Wohnheim aussteige, fühle ich mich an der frischen Luft gleich besser. Bevor ich hineingehe, winke ich Frau Takahashi noch einmal zu, sie antwortet mit einem kaum wahrnehmbaren Nicken, ich habe den Eindruck, sie weint. Noch bevor das Taxi weiterfährt, schließe ich die Wohnheimtür hinter mir.

Vier

1

Am Morgen dreht sich alles um mich herum. Ich muss eine Weile im Bett sitzen bleiben, bis ich das Gleichgewicht wiedergefunden habe. Ich sage mir, dass mein Körper sich den neuen Umständen anpasst und dass ich Geduld haben muss. Ich komme mir dick und aufgequollen vor und bin immer noch sehr müde. Von dem kurzen Ausflug gestern Abend mit Frau Takahashi bin ich völlig erschöpft. Meine Lider sind bleischwer, und ich habe Krämpfe in Armen und Beinen. Am liebsten würde ich den ganzen Vormittag im Bett bleiben, aber ich bin mit Mario verabredet, wir haben ausgemacht, dass ich ihn nach dem Unterricht abhole. Fast meine ganze Kleidung ist inzwischen schmutzig, also sehe ich Shanices Sachen durch, in der Hoffnung, etwas Passendes zu finden. Ich ziehe mir ein rosa T-Shirt mit aufgedruckten Herzen und einen für mich etwas zu kurzen Rock an. In Buenos Aires würde ich so etwas niemals tragen. Aber hier spielt das keine Rolle, außerdem bin ich viel zu müde, um noch mehr Kleidung anzuprobieren. Am Eingang des Wohnheims begrüße ich Frau Wittmann, die gerade Zeitung liest. Sie blickt auf und lächelt mich an. »Oh, ein neuer Look«, sagt sie und senkt den Blick wieder auf die Lektüre.

Ich komme zu früh, die Vorlesung ist noch nicht zu Ende. Ich setze mich auf einen Platz in der Nähe der Tür. Mario übersetzt gerade aus dem Stegreif einen Abschnitt aus einem Text von Carlos Astrada. Es fällt mir schwer, die einzelnen Sätze in einen sinnvollen Zusammenhang zu bringen. Am Ende wiederholt Mario den letzten Absatz noch einmal auf Spanisch, langsam und deutlich liest er vor: »Entschlossen schreitet der Mensch auf seinem Erdenweg dem großen Wendepunkt entgegen, dem Moment, in dem er zum Mensch wird und sein Sein sich erfüllt, stets in Abhängigkeit von der Beziehung, die die zeitliche Bedingtheit seiner Existenz im Innersten seines Selbst mit dem Sein als dem eingeht, was im Prozess seiner historischen Menschwerdung überdauert.«

Dann klappt er das Buch zu und verabschiedet sich von den Studenten bis zur nächsten Woche. Ich gehe zu ihm, und wieder sehen wir uns erstaunt an und umarmen uns, während die groß gewachsenen Studenten um uns herum dem Ausgang entgegenstreben.

Wir gehen in ein elegantes Restaurant, das Mario nur zu ganz besonderen Anlässen aufsucht. Er sagt, wir müssen unbedingt reden, er habe über mich nachgedacht – dass ich mich ohne konkretes Ziel und ohne Arbeit in Heidelberg herumtreibe und auch ohne Kontakt zu meinen Leuten in Buenos Aires aufzunehmen, sei wirklich Wahnsinn, ich müsse mich der Situation stellen, auch was meinen ehemaligen Freund betrifft. Und so weiter und so fort.

Ich höre zu und stochere mit der Gabel in meinem Essen. Shanices Kleidung erweist sich als ein bisschen eng, an mehreren Stellen drückt und zwickt es. Am liebsten würde ich in mein Zimmer zurückkehren, mein Nachthemd anziehen und den Rest des Tages schlafen. Mario unterbricht seinen langen Vortrag und sieht mich erwartungsvoll an. Ich frage, ob er zu Hause eine Waschmaschine hat. Natürlich, sagt er, und ich könne sie benutzen, wann immer ich wolle. Lange sitzen wir da und schweigen. Ich müsste etwas sagen, was ihn beruhigt, und versuche, mir Sätze zurechtzulegen, mit denen ich ihm glaubwürdig versichern kann, dass alles in Ordnung ist, dass ich bloß ein wenig Zeit für mich brauche, dass ich dann aber nach Buenos Aires zurückkehren werde und dass sich alles finden wird. Davon muss ich mich aber zuerst selbst überzeugen, schließlich möchte ich einen ruhigen, gelassenen Eindruck machen und zeigen, dass ich trotz der schwierigen Umstände alles im Griff habe. »Warum bist du nach Heidelberg gekommen?«, fragt Mario, bevor ich den Mund öffnen kann. Ich lächle. Ich weiß es nicht, vielleicht habe ich mir die Jahre meiner Kindheit, die ich hier verbracht habe, allzu rosig ausgemalt, vielleicht habe ich mir eingeredet, hier verstreiche die Zeit auf andere Weise. Als wir hier lebten, haben wir sozusagen bloß abgewartet, bis dort alles wieder in Ordnung kam, um dann zurückkehren zu können, und in der Zwischenzeit schwebten wir hier gewissermaßen in der Luft, fern von allem, glücklich. Mario sieht mich schweigend an, mir ist klar, dass die Zeit damals für ihn etwas ganz anderes bedeutete. Mir fällt wieder ein, was er vorhin seinen Studenten vorgetragen hat, manche Formulierungen klingen hartnäckig in mir nach – »entschlossen schreitet der Mensch dem großen Wendepunkt entgegen«, »die zeitliche Bedingtheit seiner Existenz«. Ich wiederhole sie mit ernstem Gesicht, als würden Astradas Worte mein zielloses Umherirren in irgendeiner Weise erklären, diese ausgesparte Zeit, die ich mir nehme, obwohl es für jeden halbwegs erwachsenen und verantwortungsbewussten Menschen kaum nachzuvollziehen ist. Mario lacht und sagt, ich könne jederzeit zu seinen Vorlesungen erscheinen, offensichtlich ist er begeistert, dass seine Worte dort mich zum Nachdenken gebracht haben, auch wenn dieses Nachdenken nicht viel planvoller ist als mein übriges Vorgehen. Die Sorgen, die er sich um mich macht, scheinen auf einmal verflogen, wir bestellen den Nachtisch und sprechen über mögliche Ausflüge nach Frankfurt, Mainz, Berlin.

»Bald fängt hier der Herbst an«, sagt er, als wir aus dem Restaurant kommen, »hast du warme Kleidung?«

»Keine Sorge, Mario, ich habe alles, was ich brauche.«

2

Ich setze mich mit Shanices Computer in den Speisesaal. Ich habe beschlossen, endlich meine E-Mails durchzusehen, komme, was da wolle. Allein in meinem Zimmer habe ich mich das nicht getraut, lieber bin ich dabei von Leuten umgeben, warum auch immer, als würde mich das in irgendeiner Weise schützen. Und jetzt habe ich sie, hier auf dem Bildschirm, alle vor mir – meine Familie, Freunde und Arbeitskollegen, außerdem Leute, die ich gar nicht kenne, und dazu Informationen meiner Bank, Mahnungen, Werbung. Alle erwarten eine Antwort von mir, aber ich, auf dieser Seite des Bildschirms, starre sie bloß an und fühle mich wie gelähmt. Gerade will ich mich geschlagen geben und den Computer wieder runterfahren, da fällt mir in der langen Liste bedrohlicher Mails ein Name auf. Von: Marta Paula Sánchez, steht dort. Und: Betreff: Dank für die Schuhe. Ich öffne die Nachricht, es ist nur ein kurzer Text, trotzdem hilft er mir sehr gegen das schlechte Gewissen, das ich habe, weil ich all die anderen Nachrichten ungeöffnet lasse. Marta Paula schreibt, dass sie das Paket bekommen hat und sich dafür bedanken will. Und dass sie gerne auch der früheren Besitzerin der Schuhe danken würde, dass sie aber weiß, dass das leider nicht geht.

Miguel Javier habe ihr von Shanices Selbstmord erzählt und gesagt, die Japanerin habe mehr Kleidung besessen als sie und ihre Schwestern zusammen. Sie fragt, ob ich weiß, was Shanice wohl dazu gebracht habe, so etwas zu tun, was für schlechte Gedanken sie wohl gehabt habe. Sie erzählt, sie habe sich mit ihren Kolleginnen im Hotel darüber unterhalten, und eine habe gemeint, bestimmt habe sie es aus Liebeskummer getan, sie glaube aber nicht, dass das der Grund gewesen sei. Dann verabschiedet sie sich und schreibt, ich solle ihr bitte so bald wie möglich antworten. In dem Hotel, wo sie arbeite, hätten sie Internet, und während der Nachtschicht dürfe sie den Anschluss auch für sich benutzen, weil dann normalerweise nicht viel los sei, sie warte also auf meine Antwort.

Marta Paula zu schreiben kostet mich keinerlei Mühe. Bei jedem anderen Adressaten bekäme ich bleischwere Hände, aber in ihrem Fall flitzen die Finger nur so über die Tasten, als wäre ich eine professionelle Sekretärin. Es ist, als diktierte mir eine innere Stimme in rasendem Tempo die Sätze, mit denen ich ihr mitteile, dass ich nicht weiß, warum Shanice sich das Leben genommen hat, dass ich nicht glaube, dass es eine Erklärung dafür gibt, dass ihre Mutter der Ansicht ist, sie habe es getan, weil sie nicht so werden wolle wie sie, es sei und bleibe aber ein Rätsel. Dann schreibe ich, dass ich heute Sachen von Shanice angezogen habe, dass mir aber bald nichts mehr davon passen wird, weil ich schwanger bin. Dass ich früher davon geträumt habe, Kinder zu bekommen, jetzt aber nicht mehr. Dass ich damals auch meinen Freund, beziehungsweise Ex-Freund, dazu überredet habe, und dass wir es dann zwei Jahre lang versucht haben, aber ohne Erfolg. Dass wir uns irgendwann, wer weiß, warum, immer schlechter verstanden haben, bis ich schließlich keine Lust auf Kinder mehr hatte. Dass wir eines Abends sehr heftig gestritten haben, warum, weiß ich selbst nicht mehr, und dass mein Ex-Freund dabei gesagt hat, zum Glück hätten wir wenigstens keine Kinder, weil ich bestimmt eine sehr, sehr schlechte Mutter wäre, und dass er außerdem noch andere so schreckliche Dinge gesagt hat, dass ich das Gefühl hatte, er sei innerlich völlig verdorben. Dass ich daraufhin weggegangen bin, ohne zu wissen, wohin, und dass mir dann eingefallen ist, dass ich genau an dem Abend bei einem gewissen Leonardo zum Geburtstag eingeladen war, den ich kannte, weil er für ein Maklerbüro arbeitet und uns seinerzeit geholfen hatte, unsere Wohnung zu finden. Ich war ihm am Tag davor zufällig in der U-Bahn begegnet, und er hatte mich einfach so zu seinem Geburtstag eingeladen. Dass ich also nach dem Streit mit meinem Freund zu der Geburtstagsfeier gegangen bin, und dass Leonardo sich gefreut hat, weil ich allein kam, und dass ich geblieben bin, als alle anderen gegangen waren, und dass wir dann von dem Wodka getrunken haben, den er geschenkt bekommen hatte, und dass ich bei ihm übernachtet habe und vielleicht von ihm schwanger bin, dass das ziemlich wahrscheinlich ist, dass ich mir aber trotzdem nicht sicher bin. Dass ich vor kurzem beim Arzt war, und dass offenbar bis jetzt alles gut läuft, dass der Arzt mich gefragt hat, warum ich so lange mit dem Kinderkriegen gewartet habe, und dass ich da eigentlich hätte antworten sollen, dass ich es früher eine Zeitlang versucht habe, dass ich jetzt aber keine Kinder möchte, jetzt auf keinen Fall, dass ich bei der bloßen Vorstellung zu zittern anfange, dass mir das alles jetzt manchmal wie ein Witz vorkommt, ein grausamer Witz, aber trotzdem ein Witz, und dass ich dann zu lachen anfangen könnte, und dass ich auch Angst habe, ich werde verrückt, weil ich mich manchmal plötzlich total freue, und dass ich Angst davor habe, für immer in dieser Stadt zu bleiben, dass ich andererseits aber vielleicht nie mehr nach Buenos Aires zurückkehren möchte. Dann bitte ich sie um Entschuldigung und schreibe, ich wisse selbst nicht, warum ich ihr das alles erzähle, dass sie ja eigentlich bloß nach dem Selbstmord von Shanice gefragt habe, und dann schreibe ich noch einmal, dass ich Shanice nicht gut genug kennengelernt habe, um ihre Frage beantworten zu können, und dass ich selbst auch gerne wissen würde, warum sie das getan hat.

Ich schicke die Mail ab, ohne sie noch einmal zu lesen. Ich glaube, sonst bereue ich es am Ende noch, weil ich die Schwester des Tucumaners ja gar nicht kenne und ihr so persönliche Dinge eigentlich nicht erzählen dürfte. Darum also sende ich die Mail sofort ab, nicht, dass ich sie doch noch lösche – ich brauche einfach jemanden wie sie, dem ich das alles erzählen kann, ich bin ihr noch nie begegnet, aber ich bilde mir ein, dass sie ein vertrauenswürdiger Mensch ist, und deshalb warte ich jetzt auf ihre Antwort, als ginge es um die Antwort einer guten Freundin, die mir helfen kann.

3

Frau Takahashi steht an der Tür. Sie sagt, sie ist gekommen, um mich zu besuchen. Sie ist mit lauter Tüten und Päckchen beladen. Sie erklärt, sie habe den ganzen Tag mit Einkaufen zugebracht, und da sie irgendwann hier in die Nähe gelangt sei, habe sie nachsehen wollen, wie es mir geht. Ich frage, ob sie einen Kaffee trinken möchte, und sie sagt ja. Ihre Augen sind verweint, die Wimperntusche verschmiert. Ich sage mir: ›Bloß auf einen Kaffee, dann bitte ich sie, zu gehen, freundlich, aber bestimmt.‹ Zum Kaffee-Trinken setzen wir uns in den Empfangsraum des Wohnheims, wie an dem

Tag, an dem wir uns zum ersten Mal begegnet sind. Frau Takahashi mustert mich von Kopf bis Fuß, da wird mir bewusst, dass ich lauter Sachen von Shanice anhabe. »Das sind Kleider von Shanice«, sage ich, als wäre nichts dabei, »ich glaube, sie sind mir ein bisschen eng.« Frau Takahashi sagt kein Wort. Sie starrt auf einen Punkt irgendwo hinter mir, und ihr Gesicht wirkt auf einmal, als wäre sie von einer seltsamen Macht besessen. Ich drehe mich um, ich möchte wissen, was es hinter mir zu sehen gibt. Nichts Besonderes. Dort hinten geht es zum Speisesaal oder, über die Treppe, hinauf zu den Zimmern. »Geht es Ihnen gut, Frau Takahashi? Alles in Ordnung?«, frage ich mehrmals. Sie antwortet nicht, starrt weiter mit ihren kleinen, harten, weit aufgerissenen Augen ins Leere. Als ich gerade aufstehen will, um Hilfe zu holen, sieht sie mich an, lächelt, trinkt einen Schluck Kaffee und sagt: »In Buenos Aires war ich noch nie. Meinst du, ich sollte mal hinfahren?« Ich sage, es sei eine interessante Stadt, und überlege gleichzeitig, was ich tun soll, ob ich Verstärkung holen soll, ob sie wohl gefährlich ist. Da fängt sie an, wie selbstverständlich die mitgebrachten Tüten und Päckchen auszupacken. Stück für Stück zeigt sie mir, was sie gekauft hat – einen Aschenbecher, offensichtlich aus einem Antiquariat, eine kleine Porzellanpuppe, eine silberne Uhr, zwei Kleider, ein Parfum. »Verloren ziehe ich durch die Welt, suche nichts als Schönheit«, verkündet sie, als würde sie ein Gedicht aufsagen. Dann fährt sie begeistert fort: »Ich habe den ganzen Tag junge Männer angeschaut und schöne Dinge gekauft, ich kann mich wirklich nicht beklagen. Schade, dass es sich heute Nachmittag bewölkt hat. Scheint in Buenos Aires oft die Sonne? Früher habe ich Sonnenschein gehasst, aber jetzt gibt es nichts Schöneres für mich. Sonne heißt Leben, und es ist höchste Zeit für Abenteuer! Meine Tochter ist verschwunden?

Na und, wir Mütter können auch leben, wo es uns gefällt. Kennst du den Markusdom in Venedig? Eine unglaubliche Architektur, göttlich! Was muss man sich in Buenos Aires unbedingt ansehen? Ich will Tango tanzen! Meine Tochter ist verschwunden, jetzt kann ich gehen, wohin ich will. Wir waren schuld, weil wir ihr immer alles haben durchgehen lassen, alle ihre verrückten Ideen. Was hast du da für hübsche Sachen an? Sind die aus Argentinien?«

»Nein, die sind von Shanice ...«

»Von Shanice?«

»Ja, sie hat mir doch ihre Kleider geschenkt ...«

Frau Takahashi springt auf. »Ich muss gehen«, sagt sie, ohne mich anzusehen, und trippelt hastig zum Ausgang. Ich rufe ihr hinterher, sie solle ihre Sachen nicht vergessen, aber sie hört mich nicht. Durchs Fenster sehe ich, dass sie ein Taxi besteigt und davonfährt. Auf dem Tisch liegen wild durcheinander ihre Einkäufe.

Frau Wittmann hat das Radio angemacht. Ich räume vorsichtig Frau Takahashis Sachen zusammen.

»Frau Takahashi hat all das hier vergessen ...«, sage ich zu Frau Wittmann. Die sieht mich lächelnd an, offenbar wird im Radio gerade etwas Lustiges erzählt. »Frau Takahashi hat ihre ganzen Sachen hier vergessen«, sage ich noch einmal. »Oh, dann rufen wir gleich bei ihr im Hotel an und geben Bescheid«, sagt Frau Wittmann. »Wie heißt denn das Hotel?« Wieder sagt der Radiosprecher etwas Lustiges, und Frau Wittmann fängt an, verlegen zu kichern.

»Ich weiß es nicht ... An den Namen erinnere ich mich nicht.«

»Dann können wir auch nicht dort anrufen. Aber keine Sorge, sie kommt bestimmt wieder und holt alles ab.«

Die Vorstellung, dass Frau Takahashi schon bald erneut vor mir stehen könnte, ruft Beklommenheit und Angst in mir hervor.

Ich sage zu Frau Wittmann, dass Frau Takahashi keinen guten Eindruck auf mich gemacht habe, ich schildere ihr, wie sie mit leerem Gesicht vor sich hin gestarrt und sich auch sonst sehr seltsam benommen hat. Auf einmal scheint Frau Wittmann sich für die Sache zu interessieren, sie ignoriert das Radio und hört mir aufmerksam und immer wieder wie zur Bestätigung nickend zu. »Dann bewahren wir ihre Sachen einfach hier in der Rezeption auf, und wenn sie kommt, kann *ich* sie ihr geben«, sagt sie schließlich. Ich bedanke mich, und wir unterhalten uns noch eine Weile. Wir sprechen über Shanice und darüber, wie schnell die Zeit vergeht, und dass schon ganz bald der Herbst anfängt. Als wir die Sachen wieder einpacken, richtet Frau Wittmann den Blick auf die kleine Porzellanpuppe.

»Die ist aber schön«, sagt sie. »So eine habe ich als Kind auch gehabt, in Ungarn. Wussten Sie, dass ich in Ungarn geboren bin?«

»Nein.«

»Das ist schon lange her, sehr lange.«

So vertraulich habe ich mich bis jetzt noch nie mit dieser Frau unterhalten. Während sie spricht, betrachte ich ihre von Falten umgebenen wässrig-blauen Augen, die schmalen Lippen, die Adlernase, und überlege, wie alt sie wohl ist. Ungefähr siebzig, vielleicht noch etwas älter. Ich versuche, sie mir als Kind vorzustellen, im Krieg. Für einen kurzen Augenblick glaube ich, ihr Gesicht von damals vor mir zu sehen, ihre Züge werden weicher und runder, und unter der grauen Schicht aus allen möglichen Enttäuschungen und bescheidenen Freuden treten wieder Farben hervor. Erneut sagt der Radiosprecher etwas, was sie amüsiert, und ich nutze die Gelegenheit und verabschiede mich.

Als ich gerade die Treppe hinaufgehe, höre ich, dass in der Rezeption das Telefon klingelt. Frau Wittmann nimmt ab und antwortet in einem grauenvollen Spanisch: »Ja, hier ist sie.« Gleich darauf tritt sie an die Treppe und ruft mir zu, am Telefon sei jemand aus Argentinien, der mit mir sprechen wolle.

4

Ich gehe dran, in der Annahme, dass am anderen Ende meine Mutter wartet, aber dann höre ich eine unbekannte Stimme, die meinen Namen sagt und sich langsam und schüchtern vorstellt:

»Ich bin's, Marta Paula, die Schwester vom Miguel Javier, die mit den Schuhen. Wir haben die Mail gelesen, die du mir geschrieben hast, also ich und die anderen Mädchen hier aus dem Hotel, und ... weißt du?, da haben wir an die Feli gedacht, das ist so eine Seherin, hier aus Tucumán, gleich bei La Aguadita, und, weißt du? ..., wir haben uns gesagt, wir fragen sie mal wegen deinem Kind, damit du genau weißt, wer der Vater ist, dann machst du dir nicht so viel Sorgen. Ich hab deine Nummer gehabt, vom Miguel Javier, und da hab ich gedacht, ich ruf mal an und geb Bescheid, weißt du? ..., damit du dir keine Sorgen machst. Morgen geh ich zur Feli, und danach ruf ich dich an. Jetzt muss ich auflegen, ich ruf von der Arbeit an, und das hier ist ja ein Ferngespräch. Schlaf gut, und viele Grüße an meinen Bruder, wenn du ihn siehst. Ach so, sag ihm aber nichts von der Feli, er mag so was nicht, er glaubt nicht an so was, das liegt ihm nicht. Sag ihm, ich hab angerufen, weil ich mich für das Paket bedanken will, und ... weißt du? ... Aber jetzt muss ich auflegen. Wir sprechen später. Ciao.«

In der Nacht träume ich, ich gehe ins Theater, ein altes, verlassenes Theater. Alles ist voller Staub, und der Vorhang ist zu. Ich setze mich in eine der vordersten Reihen und starre auf die Bühne, ich weiß, dass hinter dem Vorhang jemand steht, er kommt aber erst raus, wenn die Zuschauer da sind. Verschiedene Geräusche sind zu hören. Ich bewege mich auf meinem Sitz, und der Boden knarrt. Da geht der Vorhang auf, und ein als König verkleideter Mann erscheint und tritt an den Bühnenrand. Er spricht Englisch, und ich glaube, er rezitiert etwas aus einem Stück von Shakespeare. Auf einmal sieht er mir unmittelbar in die Augen und fragt, ob ich verstehe, was er sagt. Die Frage stellt er auf Deutsch, und ich antworte auf Spanisch ja. Dann klatsche ich Beifall. Danach weiß ich nicht, was ich tun soll. Der als König verkleidete Mann fragt mich, ob ich Theater spielen kann. »Ich glaube nicht«, antworte ich. »Sehr gut, dann bringe ich es dir bei«, verkündet er. Er sagt, ich soll bitte auf die Bühne kommen, dann können wir zusammen ein Stück einüben, das er geschrieben hat. Ich steige auf die Bühne, und er gibt mir ein Libretto und eine Krone, die ich mir aufsetzen soll. Das Scheinwerferlicht blendet mich. Der Saal ist auf einmal voller Leute. Unter ihnen glaube ich Shanice auszumachen. Ich spiele, so gut ich kann. Ich sage mir, dass Shanice ja wirklich eine weite Reise auf sich genommen hat, um hier sein zu können. Der Mann lässt mich allein auf der Bühne zurück, damit ich den Monolog aufsage, mit dem sein Stück endet. Ich lasse das Libretto Libretto sein und erfinde aus dem Stegreif einen wunderschönen Text. Zuerst spreche ich Deutsch, dann Japanisch. Zum Schluss begehe ich symbolisch Harakiri, das heißt, ich tanze einen mitreißenden Tanz, der einen langen Beifall auslöst. Als der Beifall endlich verebbt, steige ich von der Bühne und mache mich auf die Suche nach dem Ausgang. Shanice kommt schüchtern auf mich zu und gratuliert mir zu meinem Auftritt. Ich bedanke mich bei ihr. Dann sagt sie auf Spanisch, aber mit Tucumaner Akzent:

»Frag die Feli.«

»Was soll ich sie fragen? Wegen der Schwangerschaft?«

»Nein, wegen meiner Mutter ..., damit sie dir Bescheid sagt.«

»Wieso Bescheid? Weswegen denn?«

»Sie soll dir klarmachen, dass in meiner Mutter eine sehr, sehr dunkle Traurigkeit steckt ..., und, weißt du?, mit der kann sie dich anstecken.«

Da wache ich schlagartig auf, mit einem Krampf in der Brust. Ich ziehe den Vorhang auf. Draußen ist es noch dunkel. Ich gehe ins Badezimmer, trinke ein Glas Wasser und steige wieder ins Bett. Ich lege mich auf den Rücken und versuche einzuschlafen. Ich streiche mir über den Bauch und höre mich im Plural sprechen, ich spreche nicht nur zu mir, sondern zum ersten Mal zu uns: »Wir müssen noch ein bisschen schlafen, wir wollen aber nicht wieder so hässliche Sachen träumen. Immer mit der Ruhe, morgen ist ein neuer Tag, da geht es uns bestimmt besser.«

5

Am Mittag holt Mario mich ab. Wir gehen zu einer Ausstellung mit Fotos, die ein Freund von ihm gemacht hat. Er heißt Yusuf. Unterwegs sagt er: »Yusufs Fotos sind wirklich was Besonderes. Normalerweise gehe ich nicht zu solchen Veranstaltungen, aber in seinem Fall handelt es sich um eine ernstzunehmende, solide Sache. Du wirst schon sehen, der Junge hat wirklich Talent, erst recht wenn man im Vergleich dazu die ganzen anderen langweiligen selbsternannten Künstler sieht ...« Mario ist nervös, aufgeregt und fröhlich. Als wir dort sind, würdigt er die Fotos allerdings kaum eines Blicks, stattdessen sieht er sich aufmerksam um, hält sehnsüchtig Ausschau nach seinem Freund Yusuf, der schließlich mit einem Glas in der Hand zu uns kommt und sagt: »Ich habe schon auf euch gewartet, ich hatte Angst, ihr kommt nicht.« Die beiden sehen sich an, und mir wird klar, dass sie ein Paar sind, oder waren. Oder schon bald sein werden. Und dass Mario bis über die Ohren verliebt ist. Yusuf ist ungefähr so alt wie ich. In diesem Augenblick existieren die Leute um sie herum nicht. Und auch wenn sie sich gleich wieder anderen Dingen zuwenden, suchen ihre Augen immer wieder den Kontakt.

Yusuf sieht nicht wie ein typischer Deutscher aus. Auf einem Faltblatt, das man mir beim Reinkommen in die Hand gedrückt hat, stehen ein paar Angaben zu seinem Leben und Werk: »*Türken in Deutschland* ist Yusuf Schoellers erste Ausstellung. Schoeller ist Sohn eines Deutschen und einer Türkin und stellt die konfliktreiche Beziehung beider Kulturen ins Zentrum seines fotografischen Werks …«

Eine heisere Frauenstimme spricht mich von hinten an. Was macht Frau Takahashi hier? Ich begrüße sie erschrocken. Sie sagt, sie war im Wohnheim und hat von Miguel Javier erfahren, dass ich hier bin. Sie hat ein schwarzes Partykleid an, macht davon abgesehen aber einen keineswegs frischen Eindruck, so als hätte sie nicht geschlafen und trüge das Kleid schon seit gestern. Jetzt stellt sie sich vor ein Foto und beschreibt es mit lauter Stimme: »Eine türkische Familie, ein Vater, eine Mutter, ein kleines Kind und vielleicht ein Onkel. Sieh dir mal die Mutter an, sie ist Türkin! Eine türkische Mutter!«

Mario scheint aus seinem Liebeszauber zu erwachen. Er tritt zu mir und fragt leise, wer denn diese Frau ist. Ich antworte: »Die Mutter von der Japanerin, die sich das Leben genommen hat.« Frau

Takahashi sieht uns an, ich war mir sicher, dass sie kein Spanisch kann, aber jetzt befallen mich Zweifel – bei den Worten »die sich das Leben genommen hat« hat sie sich zu uns umgedreht. Jetzt nähert sie sich, fragt Mario, ob er Englisch kann, und erzählt, dass sie zur Beerdigung ihrer Tochter hierhergekommen ist, den Aufenthalt aber verlängert hat, weil sie die Stadt so schön findet.

Jetzt kommt auch Yusuf und lädt uns zum Abendessen ein. Frau Takahashi sagt sofort: »Ich kenne ein fantastisches thailändisches Restaurant hier in der Nähe.« Yusuf lächelt und sagt, er habe an etwas Einfacheres und Billigeres gedacht. Frau Takahashi macht eine wegwerfende Bewegung und ruft: »Um Himmels willen, ich lade ein!« Ich kann weder Mario vorwarnen, noch fällt mir so schnell eine passende Ausrede ein, um mich davonzumachen. Ich fände es aber ohnehin unfair, die beiden mit ihr allein zu lassen. Sie ist schließlich auf der Suche nach mir hier aufgetaucht. Wir machen uns also alle zusammen auf den Weg zu dem Thailänder. Mario geht ein wenig gebeugt, ich frage mich, seit wann das so ist. Wann ist aus dem jungen argentinischen Flüchtling ein ältlicher »Herr Professor« geworden? Trotzdem strahlt er übers ganze Gesicht. Er und Yusuf gehen voraus, unterhalten sich über die Ausstellung und lachen wie Kinder. Frau Takahashi und ich gehen ein kleines Stück hinter ihnen. Schweigend beobachten wir das Paar vor uns, und ich glaube, wir sind beide ein wenig eifersüchtig oder neidisch. Irgendwann seufzt Frau Takahashi und fragt, ob ich Yusuf nicht auch wunderschön finde. Ich lächle sie säuerlich an, sage mir aber im selben Augenblick, dass Yusuf wirklich umwerfend gut aussieht. Und während ich jetzt auf seinen Rücken starre, überrasche ich mich dabei, dass ich ihn mir nackt vorstelle, und dazu die Wärme seines Körpers, den ich umarme, woraufhin wir uns, lachend wie verliebte Teenager, auf dem Boden wälzen. Da dreht Yusuf sich um und fragt, ob wir auf dem richtigen Weg sind. Er hat große weiße Zähne, wie ein Wolf, und riesige dunkle Augen mit langen Wimpern, die er bestimmt von seiner türkischen Mutter geerbt hat. »Ja«, sagt Frau Takahashi, »wir sind gleich da.«

6

Beim Abendessen passiert nichts Besonderes. Mario und Yusuf sorgen dafür, dass wir über lauter Themen sprechen, an denen sich alle ungezwungen beteiligen können. Das Essen, das Frau Takahashi für uns ausgewählt ist, schmeckt ziemlich gut. Vielleicht ist das Leben hier gar nicht so schlecht, sage ich mir. Die drei Menschen, mit denen ich hier in Heidelberg im Restaurant sitze, sind gewissermaßen meine Freunde. Keiner, der uns hier essen und lachen sähe, käme auf den Gedanken, dass wir uns schwer mit dem Leben tun. Als wir gerade Nachtisch bestellen wollen, steht Frau Takahashi auf und geht zur Toilette. Wir anderen studieren eine Weile schweigend die Speisekarte. Dann nutze ich die Gelegenheit, um Mario und Yusuf zu sagen, dass ich glaube, dass Frau Takahashi gerade eine schwere Krise durchmacht. Sie erwidern, sie sei doch reizend und eine bewundernswert starke Persönlichkeit. »Ja«, sage ich, »das meine ich ja gar nicht, ich glaube bloß …« Da kommt Frau Takahashi zurück und sieht mich mit ihren kalten, leeren Augen an, genau wie gestern im Wohnheim.

Ich möchte gehen. Warum bin ich hier? Was ist das für ein Ort? Wie soll man die Namen von diesen Nachspeisen aussprechen? Auf einmal glaube ich, Mario überhaupt nicht zu kennen, er kommt mir wie ein Idiot vor, der selig einen Typen anlächelt, den ich ebenso wenig kenne, einen Türken mit einem bezaubernden Lächeln. Wieder stelle ich mir vor – ich kann nicht anders –, wie er nackt seine wunderschönen braunen Arme um mich legt.

Frau Takahashi fragt Mario, wo sie hier Tango lernen kann. Mario sagt, er weiß es nicht, aber im Internet müsse sich das leicht herausfinden lassen.

Yusuf ruft den Kellner und fragt ihn nach etwas, was auf der Speisekarte steht.

»Ich muss jetzt gehen«, sage ich. Die drei sehen mich erstaunt an. »Aber wir haben ja den Nachtisch noch gar nicht bekommen«, sagt Yusuf. »Was hast du denn vor?«, fragt Frau Takahashi.

Nichts, mir fällt nichts ein. Was soll jemand wie ich schon vorhaben, jemand, der nichts zu tun hat, ein Mensch, der sein Zuhause verlassen und auch sonst alles aufgegeben hat? Eine nutzlose Person wie ich, die sich in einer unwirklichen Stadt umhertreibt. Nichts, ich habe nicht das Geringste zu tun. Aber ich bin schwanger, und das ist für alles Mögliche eine gute Ausrede. »Mir ist gerade eingefallen, dass ich morgen einen Termin beim Arzt habe, ich muss früh aufstehen.« »Ich komme mit zum Arzt«, sagt Mario. »Das ist nicht nötig«, sage ich. »Doch, auf jeden Fall, ich hole dich morgen ab und gehe mit dir dorthin.«

Fünf

1

An dem Abend vor der Rückkehr nach Buenos Aires, als unser Haus in der Keplerstraße sich mit Philosophen füllte und ich versuchte, die Sternbilder am Himmel zu bestimmen, weinte Mario in unserer Küche. Als die Gäste fort und meine Eltern damit beschäftigt waren, Kleidung, Bücher und ein paar der wenigen Dinge, die uns während der Jahre in Deutschland begleitet hatten, in Koffern und Kisten zu verstauen, stand er an der Spüle und wusch ab. Ich betrachtete ihn stumm. Das Geräusch des aus dem Hahn fließenden Wassers überdeckte sein Schluchzen. Als er mich bemerkte, trocknete er sich die Hände und das Gesicht mit einem Geschirrtuch ab, zündete sich eine Zigarette an und fragte, ob ich ihm schreiben würde, wenn ich in Buenos Aires wäre. »Jeden Tag«, sagte ich, obwohl ich damals gerade einmal meinen Namen und eine Handvoll Wörter buchstabieren konnte. Wir umarmten uns fest. Zwischen dieser Umarmung und der bei unserem Wiedersehen vor wenigen Tagen liegen dreißig Jahre. In den ersten Jahren schickte Mario mir regelmäßig Ansichtskarten mit Schlössern oder Burgen darauf. Auf der Rückseite stand jedes Mal eine Geschichte, die er sich für mich ausgedacht hatte. Ich wartete sehnsüchtig auf diese Nachrichten, die außerdem die ersten Texte waren, die ich zu lesen lernte. Ich stellte mir vor, dass er nach unserer Abreise auf eins dieser Schlösser gezogen war, wo ich ihn eines Tages besuchen würde, woraufhin wir heiraten und für immer glücklich sein würden. Jetzt sage ich mir, dass Mario nach unserem Auszug aus dem Haus in der Keplerstraße in einem Studentenheim wie diesem gewohnt haben muss. Wie mag sein Leben verlaufen sein, bis er sich schließlich in einen Herrn Professor verwandelte? Ob er viele Liebhaber gehabt hat? Und der schöne Türke – in welcher Beziehung steht er zu ihm? Aber warum frage ich ihn nicht einfach danach?

Morgen begleitet er mich also zum Arzt. Dann werde ich die ganze Prozedur noch einmal über mich ergehen lassen müssen, die Ankunft im Krankenhaus, die Zeit im Wartezimmer, die Latexhandschuhe, die Empfehlungen, um die ich nicht gebeten habe. Wie schön wäre es, das Ganze einfach ausfallen zu lassen.

2

Ich werde durch Klopfen an der Tür geweckt. Es ist bereits hell, Shanices Wecker hat heute Morgen offensichtlich nicht funktioniert. Noch im Nachthemd öffne ich die Tür. Vor mir steht Frau Wittmann und sagt mit weit aufgerissenen Augen, unten warte schon seit einer ganzen Weile der Herr Professor auf mich. Am liebsten würde ich davonlaufen, aus dem Fenster springen oder mich unter dem Bett verstecken und dort weiterschlafen. Aber ich bedanke mich bei Frau Wittmann, bitte sie um Entschuldigung, weil sie meinetwegen hat die Treppe hinaufsteigen müssen, und sage, dass ich gleich runterkomme.

Mario sitzt im Speisesaal und liest Zeitung. Am Nebentisch frühstückt Miguel Javier – Kaffee, Rührei und ein dick mit Nutella bestrichenes Brot. Mir dreht sich der Magen um, und zum ersten

Mal in diesen Tagen verzichte ich aufs Frühstück. Ich begrüße Mario, und der Tucumaner kommt zu uns.

»Wohin wollt ihr so früh am Morgen?«

»Zum Arzt.«

»Ich komme mit.«

»Nicht nötig, Miguel, danke.«

»Doch, oder hast du vergessen, dass der Arzt auch mich erwartet?«

Dem Tucumaner macht es Spaß, mir zu widersprechen, erst recht aber macht es ihm Spaß, vor dem Arzt meinen Ehemann zu spielen. Angesichts seiner Begeisterung sage ich einverstanden, er soll mitkommen. Hastig verschlingt er den letzten Toast, zieht seine Jacke an und geht uns bis zur Tür voraus. Draußen bläst uns ein frischer Wind ins Gesicht. »Der Herbst ist da«, sagt Mario, und wir machen uns schweigend auf den Weg zum Krankenhaus.

Ins Sprechzimmer darf nur einer meiner Begleiter mitkommen. Eine schwierige Entscheidung, meine zwei Freunde sehen mich erwartungsvoll an. Nach kurzem Überlegen sage ich, dass ich allein reingehe. Sie nicken und scheinen einverstanden. Ich lasse sie im Wartezimmer zurück, während der Arzt mich untersucht. Alles ist in Ordnung.

»Möchten Sie die Herztöne Ihres Kindes hören?«, fragt er.

»Jetzt?«, frage ich.

»Natürlich jetzt«, erwidert er erstaunt.

Ich würde gerne sagen, dass ich damit lieber noch warten würde, dass ich möglicherweise nicht so darauf reagieren werde, wie es eigentlich normal wäre. Aber wie soll ich so etwas einem Arzt erklären, und dann auch noch auf Deutsch?

»Also gut«, sage ich.

Und schon ist ein leises Pochen zu hören, das auch die Begleitung zu einem Musikstück sein könnte, zu einem Stück, das insgeheim alle nur denkbaren Melodien der Welt enthält.

Am liebsten würde ich den ganzen Tag nur noch auf dieses Pochen lauschen, aber der Arzt sitzt schon wieder an seinem Tisch. Er verschreibt mir Vitamine und sagt, ich soll mir von seiner Helferin einen Termin in einem Monat geben lassen.

Während ich weg war, haben Mario und Miguel Javier sich offensichtlich intensiv ausgetauscht. Das merke ich, weil sie bei meiner Rückkehr einen ziemlich vertrauten Eindruck machen. Mario erzählt gerade von einem Vetter, den er sehr gemocht hat und der aus Tucumán war. Miguel Javier kann nicht glauben, dass Mario seit 1977 nicht mehr in Argentinien gewesen ist.

»Vielleicht raffe ich mich eines Tages noch auf«, sagt Mario mit einem traurigen Lächeln, »bis jetzt konnte ich mich nicht dazu durchringen.«

Der Tucumaner sieht ihn mitleidig an. Ich habe beste Laune und schlage vor, dass wir irgendwo gemeinsam spazieren gehen.

3

Der sogenannte »Philosophenweg« führt auf dem Heidelberg gegenüber liegenden Neckarufer in die Höhe. Die Sicht von hier auf die Stadt, das Schloss und den Fluss ist wunderschön. Schon lange habe ich mich nicht mehr so wohl gefühlt, die frische Herbstluft trägt ihren Teil dazu bei. Wir setzen uns auf eine Bank. Mario erzählt, dass der Weg seinen Namen von den vielen Philosophen und Schriftstellern hat, die auf der Suche nach Inspiration hierherkamen. Goethe soll hier erste Ideen zu seinem *Faust* entwickelt,

Hegel über die Dialektik nachgedacht und Schumann seine *Sinfonischen Etüden* komponiert haben. Der Tucumaner verkündet, wenn er irgendwann seine Doktorarbeit schreibe, werde er hier hinaufsteigen, vielleicht falle ihm ja etwas so Geniales ein, dass die Deutschen den Ort umtaufen müssten, in »Weg des Tucumaner Wirtschaftswissenschaftlers« oder so ähnlich. Besonders witzig ist seine Bemerkung nicht, Mario und ich lachen aber trotzdem, einfach weil wir alle in diesem Augenblick so gut gelaunt sind.

Dann sitzen wir eine Weile versonnen da und atmen tief die gute Luft ein, bis Mario irgendwann auf die Uhr sieht und sagt, er müsse gehen. Er verabschiedet sich und macht sich langsam an den Abstieg in Richtung Stadt. Von hinten gesehen macht seine lange schlaksige Gestalt den Eindruck, als wäre sie seit jeher ein Teil dieser Landschaft.

Der Tucumaner und ich bleiben allein zurück. Auf einmal fällt mir das Telefongespräch mit Marta Paula wieder ein, ihre Ankündigung, zu der Seherin gehen zu wollen, und ich mache mir klar, dass Miguel Javier noch gar nicht Bescheid weiß, ich habe ihm nichts davon erzählt. Auch Marta Paulas Worte fallen mir wieder ein: »Sag ihm nichts von der Feli, er mag so was nicht.«

»Ich hab ganz vergessen, dir zu erzählen, dass deine Schwester mich gestern im Wohnheim angerufen hat.«

»Marta Paula? Warum das denn?«

»Sie wollte sich für die Schuhe bedanken.«

»Und sonst nichts?«

»Nein.«

»Aber hat sie nur deswegen angerufen?«

Ich kann ihn nicht anlügen, er würde es mir sofort am Gesicht ansehen. Außerdem möchte ich unbedingt wissen, was er von dieser Feli hält, bei der seine Schwester und ihre Kolleginnen sich offenbar regelmäßig Rat holen.

»Sie hat gesagt, sie will zu einer Seherin gehen und sie wegen meiner Schwangerschaft befragen, damit ich weiß, wer der Vater ist.«

Miguel Javier sieht mich sehr ernst an. Bis jetzt kam mir das Thema amüsant vor, aber ich merke, dass das Gespräch eine ungute Wendung nimmt.

»Hat sie dir gesagt, wie die Frau heißt? Hat sie von Feli gesprochen?«

»Ja.«

»Verdammte Scheiße. Wie kann man nur so blöd sein ... Hat sie wirklich Feli gesagt?«

»Ja. Was ist denn?«

»Nichts ist. Das sind keine guten Leute. Diese Feli ... ist schrecklich. Kaum bin ich weg, fängt meine Schwester wieder mit diesem Mist an.«

Ich sage, er soll sich keine Sorgen machen, Marta Paula ist schließlich erwachsen und weiß, was sie tut.

»Gar nichts weiß sie! Wenn sie nochmal anruft, gibst du sie mir, und dann erzähl ich ihr was! Los, gehen wir, ich komm zu spät zum Unterricht.«

Wir rennen fast den Abhang hinunter. Unten angekommen, verabschiedet Miguel Javier sich, ohne mich anzusehen, und ich sehe ihm hinterher, während er in einer der Gassen verschwindet, die zur Universität führen.

4

Eine Weile streife ich ziellos umher, ich habe keine Lust, mich schon wieder ins Wohnheim zurückzuziehen. Der Himmel ist jetzt bleigrau, und das Licht hat etwas Unwirkliches. Ich denke an das Pochen, das ich beim Arzt gehört habe, das seien die Herztöne meines Kindes, hat er gesagt. Bei jedem Schritt glaube ich ein Klopfen zu hören, bumm, bumm, bumm. Wieso habe ich keine Angst? Warum mache ich mich nicht schleunigst auf die Rückreise nach Buenos Aires? Ich gehe weiter und weiter, alles drückt, der BH, die Schuhe, dann fange ich plötzlich an zu lachen, warum auch immer, als wäre ich froh und zufrieden, als wäre ich nicht ganz bei mir.

Irgendwann lande ich auf einem kleinen Platz in der Nähe der Alten Brücke. Mehrere Kinder in bunten Daunenjacken turnen auf einem gelb gestrichenen Klettergerüst herum. Weiter hinten glaube ich Yusuf zu erkennen, in einem dunklen Mantel. Er fotografiert. Als er mich entdeckt, zeigt er lächelnd seine Wolfszähne und legt eine Hand aufs Herz. Eigentlich fühle ich mich im Augenblick unfähig, mit wem auch immer zu kommunizieren, aber als er näher kommt, merke ich, wie sehr ich mich danach gesehnt habe, ihn wiederzusehen. Er umarmt mich zur Begrüßung, wir setzen uns auf eine Bank, und er zeigt mir die Fotos, die er an diesem Nachmittag gemacht hat – eine große Glaskuppel, von unten aufgenommen, türkische Frauen, die an einem Ladeneingang stehen und in die Kamera lächeln, Touristen mit Einkaufstüten auf der Alten Brücke, die Kinder uns gegenüber, die in der Luft zu schweben scheinen. »Schöne Fotos«, sage ich. Wir sitzen nahe nebeneinander, man könnte uns für ein Paar halten. Bei der bloßen Vorstellung werde ich nervös. Wenn Mario uns hier sähe, uns zwei allein, ohne ihn ... Aber ich brauche kein schlechtes Gewissen zu haben, wir haben uns schließlich zufällig hier getroffen. Während ich die Bilder auf dem Display der Kamera betrachte, streift Yusufs Bein mein Knie, und ich bin nur noch mit der Vorstellung beschäftigt, wie es sein muss, seinen Körper zu berühren. Yusuf spricht über das seltsame Licht an diesem Nachmittag. Mir war es ebenfalls aufgefallen, auch deswegen bin ich immer weiter herumgewandert. Aber ich sage nichts dazu, lächle bloß, betrachte wieder die Fotos und spüre die Wärme seines Körpers neben mir. Jetzt fragt er, ob wir bei ihm einen Kaffee trinken wollen. Hat er wirklich »bei mir« gesagt?

»Mir wird allmählich kalt«, fügt er hinzu.

Es ist sechs und es wird langsam dunkel. Die Kinder klettern von dem Gerüst und machen sich an der Hand ihrer Eltern auf den Heimweg.

»Lieber wann anders, ich muss jetzt zurück ins Wohnheim.«

»Morgen?«

»Ich weiß nicht. Ja, morgen ginge.«

Ich gebe ihm die Kamera zurück und ziehe den Reißverschluss meiner Jacke bis ganz nach oben. Yusuf fragt, ob er mich fotografieren darf. Ich sehe bestimmt schrecklich aus, aber ich sage ja. Er nimmt mich ins Visier und drückt drei Mal auf den Auslöser. Dann holt er einen Notizblock und einen Kugelschreiber aus der Tasche und schreibt eine Adresse darauf.

»Kann ich die Fotos mal sehen?«, frage ich.

Er reißt den Zettel aus dem Block und gibt ihn mir.

»Das ist meine Adresse, morgen zeige ich dir die Bilder.«

5

Yusuf lebt in einer winzigen Dachwohnung über dem Obst- und Gemüsegeschäft seines Onkels. Er hat nur wenige Möbel – eine große Matratze, die auf dem Boden liegt, ein altes Sofa, einen Schreibtisch, eine Kochplatte. Dazu kommen zahllose Bücherstapel und Berge von Fotos, die überall herumliegen. Durch das Fenster sieht man über die alten Dächer von Heidelberg, der Himmel ist rot von der untergehenden Sonne. Ich habe den ganzen Tag überlegt, ob ich hingehen soll oder nicht. Um mich abzulenken, habe ich Frau Wittmann geholfen, alte Zeitschriften auszusortieren, dabei haben wir uns auch über Shanice unterhalten. Nach dem Mittagessen habe ich lange geduscht, mir die Haare gewaschen, mich sorgfältig gekämmt und mir das Schönste angezogen, was ich finden konnte.

Jetzt macht Yusuf Kaffee und ich lasse mich in das Sofa sinken, als wollte ich bis morgen früh nicht wieder aufstehen.

»Woher kennst du Mario?«

Ich weiß nicht, warum ich das frage. Ich will nicht über Mario reden. Nicht mit Yusuf. Und an ihre Beziehung will ich erst recht nicht denken, auf keinen Fall möchte ich sie mir zusammen in dieser Wohnung vorstellen, egal, ob nackt oder angezogen.

»Von der Universität, ich hab mal vergeblich versucht, Philosophie zu studieren«, antwortet Yusuf, der gerade Wasser aufsetzt und dann zwei Tassen abspült. Es ist, als würde er sich in Zeitlupe bewegen, oder wie in einer Abfolge von Standbildern – ich glaube, die Sequenz prägt sich mir für immer und ewig ein.

»Und da habt ihr euch angefreundet?«, sage ich und bereue meine idiotische Frage sofort.

»Ja, Mario ist ein unglaublicher Typ, intelligent, großzügig, und er hat viel Humor, mit ihm würde ich mich nie langweilen.«

Yusuf lächelt, schenkt mir Kaffee ein und sieht mich konzentriert an. Seine schwarzen Augen sind wie zwei Tunnel, in die ich am liebsten hineinlaufen würde, immer tiefer, ganz egal, was mich am anderen Ende erwartet.

»Warst du gestern beim Arzt?«, fragt Yusuf schließlich, um das Schweigen zu brechen.

»Ja, Mario war auch dabei.«

Schon wieder spreche ich von Mario, nicht zu fassen. Die Erinnerung daran, wie die beiden sich an dem Abend in der Ausstellung und im Restaurant immer wieder angelächelt haben, würde ich liebend gern aus meinem Gedächtnis verbannen. Dann könnte ich hier auch unbefangen über Mario sprechen.

Yusuf zeigt mir jetzt begeistert mehrere Fotobände, die er heute Morgen mit der Post aus New York bekommen hat. Er hat sich neben mich gesetzt und wir blättern aufmerksam Seite für Seite um. Übertrieben ausdrucksvolle Gesichter wechseln sich ab mit Stadtlandschaften und Innenansichten öffentlicher Gebäude. Yusuf streicht mir übers Gesicht, schiebt mir das Haar aus der Stirn und küsst mich auf den Mund. Ich sitze reglos da, lasse mich noch tiefer ins Sofa sinken, und mein Herz klopft schnell, aber ruhig. Keine störenden Gedanken gehen mir jetzt noch durch den Kopf. Yusuf küsst mich die ganze Zeit und zieht mich dabei aus. Irgendwann sind wir beide nackt. In seinen Händen wird mein Körper schön, er schmiegt sich an ihn, als hätte er ihn ein Leben lang vermisst.

Wir vögeln lange, schlafen schließlich ein. Als wir aufwachen, ist es draußen dunkel. Yusuf steht auf, zieht sich eine Wolljacke über und setzt Wasser auf. Er sagt, er will Nudeln kochen. Dann zeigt er mir ein kleines Regal voller Gewürze. Sie stammen aus dem Laden seiner Familie, Dutzende Gläser mit zermahlenen

Kräutern in allen möglichen Farben. Manche öffne ich und rieche daran, der Duft steigt mir tief in die Nase. Einige erkenne ich – Basilikum, Kümmel, Lorbeer, vielleicht Senfkorn –, der Rest bleibt ein Geheimnis.

Yusuf hat eine Flasche Wein aufgemacht und schenkt mir ein.

»Woran denkst du?«, fragt er.

»Dass das bis jetzt mein bester Tag in Deutschland war. Und dass ich zum ersten Mal mit jemandem geschlafen habe, seit ich weiß, dass ich schwanger bin.«

Yusuf lächelt, sagt aber nichts. Warum ich das gesagt habe, weiß ich selbst nicht, aber was soll's. Ich sehe zu, wie er das Essen fertig macht. Am liebsten würde ich zu ihm sagen, er soll stehenbleiben und sich nicht rühren, damit ich mir die Form seiner Augen, seine Nase, seinen Mund, seine Zähne genau einprägen kann. Jetzt stellt er Teller auf den Tisch und sagt:

»Mario kommt auch.«

»Hierher? Wann denn?«

»Um neun.«

Ich ziehe mich hastig an. Yusuf sagt, ich soll da bleiben, das Essen sei gleich fertig. Ich verstehe ihn nicht. Ich höre aber auch gar nicht zu. Ich frage nur, ob die Haustür unten offen ist, und bete innerlich, während ich die Treppe hinuntersteige, dass mir Mario nicht entgegenkommt. Als ich draußen auf der Straße stehe, beugt sich Yusuf aus dem Fenster und ruft mir auf Türkisch etwas zu.

»Ich verstehe dich nicht«, rufe ich auf Spanisch, und gehe schnell weg, fast renne ich.

Sechs

1

Ich gehe einfach drauflos und merke irgendwann, dass ich mich verlaufen habe, in diesem Teil der Stadt kenne ich mich nicht aus, ich habe völlig die Orientierung verloren, auch wie nah oder weit vom Fluss ich bin, kann ich nicht sagen. Es ist fast neun, nirgendwo ist ein Mensch zu sehen, und die wenigen Läden sind geschlossen. Ich hole Shanices Handy aus der Tasche. Darauf sind mindestens hundert Kontakte gespeichert, von denen ich aber nur zwei kenne, ihre Mutter und Miguel Javier. Natürlich rufe ich Miguel Javier an.

Der Tucumaner hört mir aufmerksam zu, ich buchstabiere den Namen, den ich auf einem Straßenschild sehe, und er gibt mir genaue Anweisungen, wie ich »zu uns«, wie er es nennt, zurückkomme. Bei der Ankunft erwartet er mich schon am Eingang, die Jacke, die er anhat, ist ihm zu klein, frierend reibt er sich die Hände, und bevor ich ihn begrüßen kann, sagt er, wir müssen reden.

»Gut, Miguel, aber lass uns reingehen, es ist kalt.«

»Erst will ich mit dir reden. Es gibt zwei Sachen im Leben, die für mich wirklich wichtig sind. Über eine kann ich mit dir nicht sprechen, die andere ist: Niemand soll sich an meiner Familie vergreifen. Und du bist schuld, dass meine Schwester sich in den Kopf gesetzt hat, zu dieser Feli zu gehen, da kann nichts Gutes bei rauskommen.«

»Welche Feli?«

»Na, die Feli! Die Seherin.«

»Ich habe deine Schwester nicht gebeten, zu irgendwelchen Seherinnen zu gehen.«

»Stimmt, die Idee kam von ihr. Aber trotzdem musst du sie jetzt anrufen und sie davon abbringen.«

»Jetzt anrufen? In Tucumán?«

»Ja.«

»Und was soll ich ihr sagen?«

»Dass du inzwischen weißt, wer der Vater ist, dass sie das nicht mehr rauszufinden braucht. Und dass sie deshalb auch nicht mehr zu dieser Hexe gehen soll. Du hast keine Ahnung, wie gefährlich die Alte ist, die ist nicht ganz richtig im Kopf, und dazu ihre Familie, die sind alle drogenabhängig, und sie wohnen in einem totalen Elendsviertel. Los, ruf sie jetzt an, bitte.«

Da der Tucumaner sich offensichtlich solche Sorgen macht, stelle ich keine Fragen mehr und tue, was er will. Trotzdem komme ich mir ziemlich komisch vor, als ich jetzt seine Schwester, die ich überhaupt nicht kenne, in Tucumán anrufe, um mir dann irgendetwas auszudenken, was genau, weiß ich noch nicht. Miguel Javier diktiert die Zahlen, die ich auf Shanices Handy tippe. Dann sage ich, er soll ein Stück weggehen, ich will beim Sprechen allein sein. Er trollt sich langsam bis zur nächsten Ecke, und als er schließlich in der dort einmündenden Straße verschwunden ist, höre ich Marta Paulas Stimme. Im Hintergrund bellen Hunde, außerdem weint ein Kind, und in einem Radio, das offensichtlich keinen guten Empfang hat, läuft eine Fußballübertragung. Ich sage hallo und frage, wie es ihr geht. Als sie mich erkennt, ist sie hellauf begeistert. Das Erste, was sie sagt, kann ich nicht verstehen, dann bringt sie die

Hunde zum Schweigen und fängt anschließend an zu reden wie ein Wasserfall, als reichten alle Worte der Welt nicht aus, um zu erklären, was ihr selbst unbegreiflich scheint.

»Gerade wollte ich dich anrufen. Eigentlich wollte ich zu einer Telefonzelle gehen, hier zu Hause ist es nämlich viel zu laut. Und genau da hast du angerufen, wirklich, genau in dem Augenblick ..., weißt du? Ich hätte echt gleich selbst angerufen! Eben noch hab ich zu meiner Mama gesagt, sie soll auf die Kinder aufpassen, weil, weißt du?, ich muss dir ein paar wichtige Dinge erzählen ...«

»Ach so, ich rufe nämlich an, weil ich nochmal über die Sache nachgedacht habe, und ich glaube, ich weiß jetzt, wer der Vater von dem Kind ist, das ich erwarte, das heißt ..., du brauchst deswegen also niemand mehr fragen.«

»Bei der Feli war ich schon.«

»Aha, du warst schon dort. Und was hat sie gesagt? Hat sie was von dem Vater gesagt?«

»Nein, von dem Vater nichts, keine Ahnung. Aber als ich reingekommen bin, hat sie sofort meine Schuhe angeschaut. Ich hab gedacht, sie ist neidisch, weil sie so ernst geschaut hat, aber das war es nicht, es ging um was anderes, es hat mit ihrem Sehen zu tun. Ich hab ihr von dir erzählt, dass du schwanger bist und so, aber sie hat bloß die Schuhe angestarrt, die blauen, die du mir geschickt hast, ich zieh gar keine anderen mehr an. Als ich mit Erzählen fertig war, ist sie auf ihrem Stuhl rumgerutscht und hat gesagt, das ist eine böse Frau, gefährlich ist die.«

»Welche Frau?«

»Das hab ich auch gefragt. Da hat sie gesagt, die Schuhe gehören mir nicht. Doch, hab ich gesagt, die hab ich geschenkt bekommen. Da hat sie an ihrer Zigarette gezogen und dann hat sie gesagt:

Die Schuhe sind von woanders her, von ganz weit weg. Ja, hab ich gesagt, und dann hab ich ihr erzählt, dass die Schuhe erst in Japan waren und dann in Deutschland, und dass ich sie jetzt habe, und dass ich sie jeden Tag anziehe, weil sie mir so gut gefallen. Und da hat sie gesagt, die Kleine ist tot, aber ihre Mutter lebt noch, und die Kleine hat gewusst, dass die Mutter Schaden anrichtet. Sie hat von deiner Freundin geredet, verstehst du? Von der Japanerin und ihrer Mutter. Wissen Sie auch, warum die sich umgebracht hat, Doña Feli?, hab ich gesagt. Da hat sie mich angeschaut und nach dir gefragt. Sie hat gesagt, dass die Frau hinter dir her ist und dass du schauen sollst, dass du deine Sachen in Ordnung bringst, dass du zurückkehren sollst und dass du ganz schön im Schlamassel steckst. Ein Glück, dass du angerufen hast, so kann ich dir das alles gleich erzählen.«

Da kommt der Tucumaner wieder um die Ecke und sieht mich fragend an. Ich gebe ihm durch eine Handbewegung zu verstehen, dass er mich fertig telefonieren lassen soll. Am anderen Ende der Leitung bellen erneut die Hunde, und Marta Paula scheint es auf einmal eilig zu haben. Ich frage sie, was die Frau noch gesagt hat. Eigentlich müsste ich jetzt zu ihr sagen, dass sie nicht mehr zu der Seherin gehen soll, aber ich möchte noch mehr über ihren Besuch dort erfahren, ich möchte wissen, woher diese Feli das alles wusste. »Wohin soll ich zurückkehren«, frage ich, »nach Argentinien?« Aber Marta Paula scheint nicht zuzuhören, sie sagt gerade zu einem Kind, es soll den Fernseher ausmachen, und dann sagt sie zu mir, sie muss jetzt auflegen.

Ich stehe mit dem Telefon in der Hand wie vor den Kopf geschlagen da. Miguel Javier sieht mich wortlos an. Da erscheint Frau Wittmann an der Tür, bei unserem Anblick seufzt sie erleichtert auf und sagt: »Na endlich, da sind ja unsere Argentinier! An der

Rezeption wartet Frau Takahashi auf Sie, schon seit einer halben Ewigkeit, sie möchte mit Ihnen sprechen. Da Sie nicht da waren, habe ich mich mit ihr rumschlagen müssen, den ganzen Abend, oh je. Kommen Sie bitte rein!«

In der Erwartung, dass wir ihr folgen, dreht sie sich um und verschwindet in Richtung Rezeption. Ich sage zu dem Tucumaner, er soll bitte mitkommen, aber nicht ins Wohnheim. Während ich ihn hinter mir her zerre, berichte ich, was seine Schwester mir gerade erzählt hat. Was Frau Takahashi möchte, weiß ich nicht, ich weiß nur, dass ich sie nicht sehen möchte, nie wieder.

2

Um diese Uhrzeit ist auch am Marktplatz alles geschlossen, nur ein Restaurant hat noch geöffnet, aber die Preise auf der Speisekarte am Eingang erweisen sich als viel zu hoch für unser Budget. Ich schlage vor, trotzdem hineinzugehen und einfach zusammen das Billigste zu bestellen. Miguel Javier sträubt sich, er sagt, ich sei ja verrückt, wirft erneut einen Blick auf die Karte, überschlägt missmutig, wie viel ihm von seinem Stipendium bleibt, wenn er sich hier ein Essen leistet.

»Lass uns reingehen, Miguel, bitte«, flehe ich. Damit scheine ich ihn umzustimmen, jedenfalls sagt er auf einmal ja. Wahrscheinlich sieht er mir an, wie müde und durchfroren ich bin.

Ein Kellner im Smoking führt uns an einen Tisch. Er empfiehlt ein Gericht, dessen Namen wir nicht einmal aussprechen können, und überreicht uns die Speisekarte.

»Danke, Miguel. Ich weiß, es ist Wahnsinn, dass ich dich so durch die Gegend schleife, und dann auch noch hier rein, aber ich mache mir Sorgen wegen dem, was deine Schwester gesagt hat. Wie kann eine alte Frau in Tucumán wissen, dass in einer Stadt in Deutschland eine Argentinierin von einer Japanerin verfolgt wird, die die Mutter der Frau ist, der früher die Schuhe gehört haben, die deine Schwester anhat?«

Allerdings muss ich zugeben, dass diese Geschichte mir nicht nur Angst macht, sie fasziniert mich auch. Der Tucumaner sieht mich über die Speisekarte hinweg ernst an und sagt, so sei das eben mit diesen Hexengeschichten. Wir wählen das Billigste aus, was auf der Karte steht, irgendwelche Nudeln mit etwas Fleisch, und rufen den Kellner.

»Wir nehmen bitte eine Portion zusammen«, erklärt Miguel Javier in makellosem Deutsch.

»Meine Schwester stürzt sich immer wieder in solche Sachen. Schon seit über einem Jahr rennt sie dauernd zu dieser Seherin. Das hat angefangen, als eines Tages ihr versoffener Mann verschwunden ist. Feli hat ihr damals offenbar die Augen geöffnet und ihr klargemacht, dass dem Typ nicht zu helfen ist und zwischen ihnen nichts mehr geht. Danach war sie total deprimiert, und eines Abends hat sie zu mir gesagt, dass sie ihr Leben nicht mehr allein hinbekommt und dass ich bitte mit ihr zu der Alten gehen soll. Die wohnt wirklich im letzten Dreckloch, zusammen mit an die zwanzig anderen. Die verkaufen da Drogen, es gibt Frauen, die sich anbieten, furchtbar. Was meinst du, wie ich mich fühle, wenn ich weiß, dass meine Schwester zehntausend Kilometer von hier Umgang mit solchen Leuten hat?«

Miguel Javier spricht weiter, und ich höre ihm aufmerksam zu, bis mich plötzlich etwas ablenkt. Im Augenwinkel sehe ich, dass eine kleine schwarz gekleidete Gestalt das Restaurant betritt.

Ich brauche nicht direkt hinzuschauen, um zu begreifen, dass es sich um Frau Takahashi handelt. Ich falle dem Tucumaner ins Wort und sage, er soll sich bitte einmal unauffällig umdrehen und sehen, wer da reinkommt. Er tut, worum ich ihn gebeten habe. Ich starre unterdessen auf meinen leeren Teller und spreche stumm eine Art Gebet, auf dass wir beide unsichtbar werden mögen. Miguel sagt leise: »Sie ist es, und sie kommt hierher.« Dann sagt er mit Nachdruck: »Wir tun jetzt einfach, als wäre nichts, sie soll bloß nicht merken, dass wir Angst haben.«

Frau Takahashi tritt zu uns an den Tisch und setzt sich neben mich.

»Da habe ich aber lange suchen müssen, bis ich euch gefunden habe!«

»Woher wussten Sie denn, dass wir hier sind?«, sage ich, sichtlich wenig erfreut.

»Ich esse hier jeden Tag zu Abend, meine Liebe. Ich nehme an, ihr habt nichts dagegen, dass ich mich zu euch setze. Ich bin immer so allein … Ein Glück, dass ihr heute Abend auch hier seid!«

Wir sehen sie verdutzt an. Sie lässt den Finger über die Speisekarte wandern und ruft den Kellner. Sie bestellt den teuersten Wein und dreimal Kasseler mit Sauerkraut. Der Tucumaner sagt, dass wir bereits bestellt haben, ein Nudelgericht für uns beide zusammen, doch daraufhin verkündet Frau Takahashi lachend: »Heute zahle ich, ihr zwei seht außerdem wirklich hungrig aus, also keine Widerrede!«

Dann sitzen wir eine Weile schweigend da. Wie sollte diese Frau uns etwas zuleide tun? Sie ist so winzig klein und wirkt so zerbrechlich. Sie kramt in ihrer Handtasche, holt mehrere Tabletten heraus, bricht sie durch, steckt sie sich in den Mund. Was nimmt sie da wohl? Ich versuche, den Namen auf der Packung zu erkennen, aber bevor ich etwas lesen kann, hat sie alles schon wieder eingesteckt. Jetzt sagt sie lächelnd:

»Ich habe euch den ganzen Nachmittag gesucht.«

»Und warum?«, fragt Miguel Javier.

»Damit ihr mir erklärt, was ich in Argentinien unternehmen soll, wenn ich dorthin fahre. Ich will alles wissen. Zuerst gehe ich Tango tanzen. In Japan habe ich schon die ersten Schritte gelernt, aber in Argentinien möchte ich beigebracht bekommen, wie es richtig geht.«

Miguel Javier kratzt sich mit den Fingerknöcheln am Kopf. Das kenne ich inzwischen von ihm, sobald er nervös wird oder etwas nicht richtig versteht, fängt er damit an.

»Ich habe keine Ahnung von Tango, Frau Takahashi.«

Der Kellner kommt mit dem Wein. Frau Takahashi probiert. Wie gerne wäre ich jetzt noch bei Yusuf. Nein, stimmt nicht, ein Abendessen mit ihm und Mario, das hätte ich nicht überstanden. Ich glaube, ab jetzt werde ich mich jedes Mal hundsmiserabel fühlen, wenn ich mit beiden gleichzeitig zusammen bin.

»Ich darf keinen Wein trinken«, sage ich.

»Ein kleiner Schluck kann nicht schaden«, sagt Frau Takahashi und fordert den Kellner auf, mir einzuschenken. Der Tucumaner fällt ihr ins Wort.

»Besser, sie trinkt nichts. Aber mir können Sie ruhig eingießen, ich würde gerne wissen, wie der Wein schmeckt.« Er nimmt einen Schluck. »Der ist wirklich sehr gut, ich verstehe nichts von Weinen, aber der hier ist gut.«

»Und von Tango verstehst du also auch nichts – was bist du denn für ein Argentinier?«

»Ich weiß nicht, Tango gefällt mir einfach nicht besonders, Volksmusik schon eher, keine Ahnung.«

»Und was muss ich für Buenos Aires wissen? Ich möchte so bald wie möglich dorthin.«

»Aha, also da kenne ich mich auch nicht aus. Ich würde sagen, die Stadt ist ganz schön kompliziert.«

Während ich Miguel Javier so sprechen höre und sehe, wie er bei den Fragen der Japanerin auf seinem Stuhl herumrutscht, sage ich mir, dass man schwerlich behaupten kann, wir beide seien aus demselben Land.

»Da müssten Sie sie fragen, sie ist ja aus Buenos Aires.«

Frau Takahashi sieht mich an und wiederholt wie ein Sprechautomat:

»Und was muss ich für Buenos Aires wissen? Ich möchte so bald wie möglich dorthin.«

»Warum? Was wollen Sie in Buenos Aires? Was könnte Sie dort interessieren, Frau Takahashi? Sie sollten nach Japan zurückfahren, zu Ihrem Mann, verstehen Sie? Zurück nach Hause.«

Frau Takahashi fängt an zu weinen und sucht in ihrer Handtasche nach einem Tuch. Der Tucumaner sieht mich überrascht an. Ich bin selbst überrascht. So grausam habe ich mit Frau Takahashi jedenfalls noch nie gesprochen. Aber heute Abend fühle ich mich von ihr bedrängt, hier an diesem Tisch komme ich mir vor wie in einer Falle, und so einfach ergebe ich mich nicht.

»Shanice wollte unbedingt nach Buenos Aires, das war ihr großer Traum«, sagt Frau Takahashi und wischt sich die Tränen aus dem Gesicht. Dabei verschmiert die Wimperntusche.

»Mag sein, dass das ihr Traum war, aber daraus ist nichts geworden, sie ist hier geblieben. Und Sie sind gekommen, um sich von ihr zu verabschieden, wie es sich gehört, und um zu erledigen, was zu erledigen war. Und jetzt sollten Sie nach Hause zurückkehren. Trauern ist nicht so einfach, da kam man nicht den ganzen Tag in der Welt umherlaufen. Fahren Sie zurück nach Hause, da wird es Ihnen besser gehen.«

Frau Takahashi weint noch heftiger. Miguel Javier sieht mich entsetzt an. Ich habe nichts Böses gesagt, sage ich mir. Der Tonfall vielleicht, ja, vielleicht der Tonfall.

Nachdem sie noch eine Weile verzweifelt geschluchzt hat, scheint Frau Takahashi die Fassung wiederzugewinnen. Irgendwann sieht sie mich lächelnd an und sagt, als hätten meine Worte sie auf die Lösung gebracht, nach der sie den ganzen Tag auf der Suche war:

»Genau, Shanice hat davon geträumt, Buenos Aires kennenzulernen, aber aus irgendeinem Grund hat sie es nicht bis dahin geschafft. Wisst ihr, warum?«

Miguel Javier und ich schütteln die Köpfe.

»Weil sie gestorben ist«, sagt sie. »Wir sind nichts als winzige Teilchen im Chaos, Blätter, die der Wind vor sich her treibt. Der eine will nach Osten, aber der Wind trägt ihn nach Westen. Der andere will nach Norden, aber der Wind trägt ihn in den Süden. Dagegen sind wir machtlos.«

Der Kellner kommt mit dem Essen. Während er die Teller auf dem Tisch verteilt, sagt der Tucumaner, dass es seiner Ansicht nach genau umgekehrt ist, wir sind keineswegs machtlos, alles hängt vielmehr von uns selbst ab, davon, wie wir uns entscheiden. Er breitet die Serviette über seinen Schoß, damit seine Hose keine Flecken bekommt, und macht sich begeistert daran, Frau Takahashi zu erklären, dass alles, was ihm bisher im Leben passiert ist, eine Folge seiner eigenen Entscheidungen war. Dass er sich jetzt hier befindet, ist zum Beispiel das Ergebnis nächtelangen mühsamen Lernens in der bescheidenen Wohnung seiner Eltern. Er hätte auch mehr schlafen oder ausgehen oder Drogen nehmen können wie manche anderen Jugendlichen, aber nein, er hat gelernt und ein Stipendium bekommen, und jetzt ist er hier, sagt er. Shanice hat ebenfalls eine Entscheidung getroffen, und zwar sie selbst, das hat kein Schicksal für sie übernommen. Beim Sprechen zerschneidet Miguel Javier das Fleisch auf seinem Teller, zeitweilig redet er mit vollem Mund.

Die Portionen sind riesig, aber obwohl das Fleisch für meinen Geschmack etwas zu wenig durchgebraten ist, schlinge ich es gierig hinunter. Der Trick besteht darin, jedes Stück mit Sauerkraut zu bedecken, dann brauche ich die blutrote Färbung nicht zu sehen, die mich abschrecken würde, wenn ich nicht so hungrig wäre.

Nachdem ich meinen Teller fast geleert habe, steigt der Ekel aber doch noch wie ein plötzliches Fieber in mir auf. Ich lächle, in Wirklichkeit ist das aber nur eine vom Ekel hervorgerufene Reaktion. Jetzt spricht Frau Takahashi wieder, und der Tucumaner begleitet sie, indem er mit der Gabel sachte auf seinen Teller voller Soßen- und Fleischsaftreste klopft. »Hör auf mit dem Klopfen!«, sage ich zu ihm. Miguel Javier sieht mich verlegen an. »Entschuldige, aber hör bitte mit dem Geklopfe auf!«, wiederhole ich. Frau Takahashi sagt, ich sei ja ganz blass, und berührt meine Stirn. Ihre Hand ist eine eisige Totenhand, mit perfekten Nägeln an den Fingern. Ich wende den Kopf ab und streiche mein Haar zurecht. »Mir geht's gut, ich würde nur gerne den Pullover ausziehen, mir ist es hier viel zu warm.« Der Tucumaner schenkt mir Wasser ein, aber ich bekomme nicht einmal den ersten Schluck hinunter. »O je, gleich muss sie sich wieder übergeben, die Ärmste!«, ruft Frau Takahashi. »Nein, ich muss mich nicht übergeben, ich muss nur auf die Toilette, würden Sie mich bitte durchlassen?«

Die Toilette ist sauber, sehr sauber, in Deutschland ist das zum Glück so. Bevor ich in eine der Kabinen gehe, betrachte ich mich kurz im Spiegel – mein Gesicht ist geschwollen, ich habe Ringe unter den Augen und mein Haar ist völlig zerzaust. Ob ich bei Yusuf auch schon so ausgesehen habe? Ich bekomme schrecklichen Durchfall, irgendwann erfasst mich die Angst, ich könnte das Kind verlieren. Gleich darauf beruhige ich mich selbst mit der Erkenntnis, dass das auf diesem Weg nicht passieren kann. Dafür fühle ich mich jetzt völlig unterzuckert und fürchte, im nächsten Augenblick in Ohnmacht zu fallen.

Ich bin zu schwach, um aufzustehen, und säubere mich, so gut es geht. Da höre ich draußen den Stöckelschritt von Frau Takahashi. Mir wird schwindlig. Durch den Spalt unterhalb der Tür kann ich Frau Takahashis Schuhe sehen, ich sage zu ihr, sie solle bitte Miguel Javier holen, dies sei ein Notfall. Dann entdecke ich einen kleinen Blutfleck auf meinem Slip und mir wird schwarz vor Augen, mir ist klar, dass ich ohnmächtig werde, aber es ist, als würde ich sterben.

3

Miguel Javier sagt, sie hätten mich zu zweit aus der Toilettenkabine geschleppt. Ich sei allerdings, warum auch immer, bei seinem Erscheinen bereits vollständig wieder angezogen gewesen. Frau Takahashi habe mit ins Wohnheim kommen wollen, er habe sie aber freundlich dazu überredet, ins Hotel zurückzukehren. Jetzt liege ich in meinem Zimmer im Bett, und Miguel Javier hält mir die Hand. Frau Wittmann steht ein Stück entfernt mit einem Glas in der Hand da und betrachtet mich mit gerunzelter Stirn. Ich presse die Hand des Tucumaners und erzähle ihm das mit dem Blut. Miguel Javier sagt, ich solle mir keine Sorgen machen, wahrscheinlich sei das nichts Besonderes. Ich fange an zu weinen, die Tränen sprudeln nur so hervor. Irgendwann lasse ich den Kopf erschöpft ins Kissen sinken, das schon ganz nass ist. Frau Wittmann sagt kein Wort, dafür stellt sie das Glas irgendwann auf den Nachttisch und geht aus dem Zimmer. Wahrscheinlich ist sie verärgert, weil wir in ihrer Gegenwart Spanisch sprechen.

»Los, geh jetzt ins Bad und wasch dich, dann machen wir uns auf den Weg zur Ambulanz.«

»Danke, Miguel.«

Wir verbringen die ganze Nacht im Krankenhaus. Ich liege angezogen in einem Ruheraum auf einer Trage, der Tucumaner döst neben mir in einem Sessel. Ab und zu kommen zwei junge Ärztinnen herein, um nach mir zu sehen, sie messen den Blutdruck, horchen mich ab, machen schließlich eine Ultraschalluntersuchung. Beide sind der Ansicht, dass bei mir alles in Ordnung ist, auch mit der Schwangerschaft. Die eine fragt den Tucumaner, ob wir heute Abend Geschlechtsverkehr gehabt hätten. Miguel Javier schweigt, dafür sage ich, ja, zwei Mal, vielleicht auch drei Mal. Offenbar könnte das mit ein Grund für das Vorgefallene sein. Die Ärztinnen sagen, ich soll zwei Tage im Bett bleiben, eine Woche lang auf Geschlechtsverkehr verzichten und nicht vergessen, die Vitamintabletten zu nehmen. Und woher kam dann der Durchfall? Der Tucumaner und Frau Takahashi haben das Gleiche wie ich gegessen, und ihnen ist nichts passiert. Vielleicht liegt es an der Aufregung, meinen die Ärztinnen und verabschieden sich mit professionellem Lächeln.

4

»Warum fährst du nicht nach Buenos Aires zurück?« Seit wir das Krankenhaus verlassen haben, geht der Tucumaner neben mir, ohne mich anzusehen und ohne jemals eine Pause einzulegen, und stellt immer wieder dieselbe Frage: »Warum fährst du nicht nach Buenos Aires zurück?«

»Zu der Japanerin hast du gesagt, sie soll nach Hause zurückfahren, aber vor allem solltest du selbst zurückfahren, du bist schwanger und hast hier nichts verloren, weder studierst du, noch machst du sonst etwas. Die Japanerin hat wenigstens Geld, sie kann machen, was sie will. Der Vater deines Kindes muss sich um dich kümmern, also mach dich auf die Suche nach ihm. Und heirate ihn oder zieh zu ihm oder was auch immer, aber hör auf, anderen Leuten das Leben schwer zu machen. Ich hab mich wahnsinnig anstrengen müssen, um es hierher zu schaffen, also lass mich in Ruhe.«

Miguel Javier geht jetzt schneller und lässt mich hinter sich. Ich versuche, ihn einzuholen, ich will ihm sagen, dass ich verstehe, warum er sauer ist, dass wir beide müde sind und dass uns das noch mehr die Laune verdirbt. Aber ich kann nicht so schnell gehen wie er, meine Beine sind bleischwer. Er beschleunigt nochmals den Schritt, und irgendwann ist er verschwunden. Es ist kalt und ich möchte nach Hause, aber was heißt hier »nach Hause«? Mir wird erneut schwindlig, und ich werde noch trauriger.

Ob Yusuf wohl schon wach ist? Und ob er allein ist? Ich mache mich auf den Weg zu ihm.

5

Ich setze mich in ein Café gegenüber dem Haus, in dem Yusuf wohnt, und bestelle einen Tee und ein Croissant. Von meinem Platz aus kann ich den Eingang von Yusufs Haus sehen. Wer weiß, vielleicht erscheint ja irgendwann Mario dort in der Tür. Wenn Mario fortgegangen ist, wage ich es womöglich und klingle bei Yusuf. In jedem Fall muss ich gut aufpassen, schon ein Blick zu den Broten und Kuchen in der Auslage kann genügen, um Marios Auftritt zu verpassen. In kleinen Schlucken trinke ich den heißen Tee und verfolge, was sich draußen auf der Straße abspielt. Vor ein paar Minuten ist ein alter Mann mit einem komischen kleinen Hund hereingekommen und hat sich an den Nachbartisch gesetzt. Seitdem lächelt er mir zu, und der Hund, ein undefinierbarer Mischling, zerrt an der Leine, offensichtlich möchte er zu mir. Ich beachte die beiden nicht weiter. Trotz der schrecklichen Nacht, die ich hinter mir habe, geht es mir gar nicht so schlecht, von dem Tee und dem Gebäck fühle ich mich halbwegs wiederhergestellt. Das Einzige, was mich stört, ist die Tatsache, dass der alte Mann mich so anstarrt. Ist es wirklich etwas Besonderes, wenn eine Frau um diese Uhrzeit allein im Café sitzt und frühstückt? Heidelberg hat trotz allem etwas von einem Dorf, und in einem Dorf ist es normal, dass Frauen, die allein sind, angestarrt werden. In Frankfurt würde mir das, glaube ich, nicht passieren. Von meinem Platz aus habe ich zwar alles im Blick – die Straße, den Eingang in das Haus, in dem Yusuf wohnt, das Geschäft seines Onkels, das Fenster von Yusufs

Zimmer –, aber ich merke, dass das Verhalten des alten Mannes mich immer mehr ablenkt. Also gut, es reicht – ich sehe ihm direkt in die Augen und stelle fest, dass es derselbe Mann ist, der mich am ersten Tag in dem Café am Marktplatz angelächelt hat. Ob er sich an mich erinnert? Ob er gemerkt hat, dass ich jemandem hinterher spioniere? Jetzt reißt sich der Köter los und führt unmittelbar vor mir eine Art Tanz auf. Er ist bemitleidenswert hässlich. Der alte Mann ruft ihn zu sich, ganz sanft, offensichtlich soll es sich nicht wie Schimpfen anhören. Der Hund bewegt sich wie ein dressierter Affe, ich betrachte ihn erstaunt, aber mehr noch amüsiert. Irgendwann werfe ich ihm ein Stück von meinem Croissant hin, er schnüffelt daran, lässt es dann aber liegen und springt weiter vor mir herum.

Da steht der alte Mann auf und tritt zu uns.

»Hierher, Rosie, na komm!«, sagt er, und mir wird klar, dass der kleine Hund eine kleine Hündin ist.

»Lassen Sie nur, ist gut«, sage ich.

»Mögen Sie Tiere?«, fragt der Mann.

»Ja, manchmal«, sage ich. Dann stelle ich beim Blick durchs Fenster fest, dass der Laden gegenüber gerade geöffnet hat. Die Rollläden sind hochgezogen, und wenn ich genau hinsehe, kann ich eine Frau erkennen, die im Inneren umhergeht, vielleicht ist es Yusufs Tante. »Sie sind nicht von hier, oder?«, fragt der alte Mann. Die kleine schreckliche Rosie hat sich inzwischen vor mir auf den Boden gelegt und präsentiert mir ihren weißen Bauch.

»Nein, ich bin nicht von hier.«

»Sind Sie Italienerin?«

»Nein, aus Argentinien.«

»Ach so, Sie sehen aber wie eine Italienerin aus.«

Die Frau tritt an die Ladentür. Ich versuche festzustellen, ob sie Yusuf ähnlich ist, obwohl ich von hier aus nicht viel erkennen kann.

»Komm schon, Rosie, jetzt ist genug.«

»Keine Sorge, sie stört mich nicht.«

Rosie reibt sich den Rücken an meinen Schuhen. Am liebsten würde ich dem alten Mann erzählen, dass ich in Buenos Aires auch einen Hund hatte, der genau das Gleiche gemacht hat, dass ich aber nicht weiß, ob er überhaupt noch lebt, doch ich sage nichts. Vor dem Laden gegenüber hält ein Lastwagen und verdeckt mir die Sicht auf die Tür und den Laden. Yusufs Fenster ist immer noch zu. Ich nehme an, dass Yusuf normalerweise spät aufsteht, für Mario gilt das aber nicht, wie ich weiß. Wenn die beiden zusammen sind, müssten sie also schon aufgestanden sein. Der alte Mann freut sich über die Späßchen seines kleinen Begleiters.

»Rosie ist wirklich ein liebes Tier, außer ihr habe ich niemanden, aber wir zwei sind uns mehr als genug, stimmt's, Rosie?«

Rosie wedelt zur Bestätigung mit dem Schwanz.

»Setzen Sie sich doch hierher«, sage ich.

Noch vor wenigen Minuten hätte ich mir nicht träumen lassen, dem alten Mann etwas Derartiges vorzuschlagen, mittlerweile sind er und Rosie mir aber geradezu vertraut, und ich würde gern noch ein Weilchen mit ihnen zusammen sein. Wegen des Lastwagens kann ich draußen ohnehin nichts mehr sehen, und so bestelle ich eben noch einen Tee und plaudere mit dem Mann über seinen Hund – seit wann haben Sie ihn? Was für eine Rasse ist das? Wann und wo gehen Sie normalerweise mit ihm spazieren? ...

»Nein, vielen Dank, wir müssen nach Haus, wir haben noch viel zu erledigen. Los, liebe Rosie, sag der Dame auf Wiedersehen.«

Rosie stellt sich auf die Hinterbeine und bewegt die Vorderpfoten in der Luft. So erinnert sie auf einmal an einen kranken Vogel. Der Mann legt ein paar Münzen neben seine Tasse und zieht sich den Mantel an.

»Auf geht's, Rosie, wir müssen nach Haus. Wiedersehen, und einen schönen Tag noch!«

Mit einem freundlichen Nicken geht der Mann an mir vorbei und verlässt das Café. Durchs Fenster sehe ich, wie er langsam die Straße entlanggeht, zwischen einer Gruppe von Jungen hindurch, die offenbar auf dem Weg zur Schule sind. Einer von ihnen beugt sich zu Rosie hinab und krault sie am Kopf, und Rosie wedelt wieder mit dem Schwanz und fängt an, den Jungen zu umkreisen. Dann gehen alle weiter. Immer mehr Leute sind draußen unterwegs. Der Lastwagen setzt sich in Bewegung, und ich habe wieder freien Blick auf Yusufs Haus. Und wenn Yusuf auf einmal rauskäme und mich hier entdeckte? »Ich wollte dich wiedersehen, Yusuf, ich wollte wissen, wie du morgens aussiehst, ich war die ganze Nacht im Krankenhaus, und jetzt habe ich gerade einen alten Mann mit einem wunderbaren Hund kennengelernt, Yusuf, den hättest du sehen müssen! In Buenos Aires hatte ich auch einen Hund, manchmal haben wir zusammen auf dem Sofa Mittag geschlafen. Er hatte so schwarze und tiefe Augen wie du und …« Nein, Yusuf ist gerade mit Mario zusammen, und Mario liebt ihn. Und ich müsste längst im Bett liegen und mich ausruhen. Und zwar in Buenos Aires. Wo ich ein neues Zuhause brauche. Eine eigene Wohnung, mit meinem eigenen Hund, meiner eigenen Kleidung, meiner eigenen Sprache. Gegenüber geht die Tür auf. Mein Herz fängt an, heftig zu klopfen. Mir wird klar, dass ich außerstande bin, Mario in diesem Augenblick entgegenzutreten, aber an seiner Stelle erscheint Yusuf. Ich erkenne ihn sofort, obwohl er einen langen Mantel anhat und das Gesicht halb von einem Schal verdeckt wird. Yusuf ist allein. Allein? Ja, allein. Er geht bis zur nächsten Ecke und biegt dort ab, in Richtung Zentrum. Ich bezahle und verlasse das Café. Ich überquere die Straße und hefte mich ihm an die Fersen, aber ich schaffe es nicht, ihn einzuholen, meine Beine sind viel zu steif und mein ganzer Körper ist bleischwer. Ich kann nur langsam hinter ihm hergehen, Schritt für Schritt, und zusehen, wie er in der Ferne verschwindet.

Sieben

1

»Entschuldige, dass ich um die Uhrzeit anrufe.«

»Wie spät ist es denn?«

»Hier oder bei dir?«

»Bei mir.«

»Keine Ahnung, bei dir ist es schon später, fünf Stunden, glaube ich.«

»Ich hab den ganzen Tag geschlafen.«

»Ich wollte dir bloß sagen, dass ich vielleicht nie mehr zur Feli gehe.«

»Was ist denn passiert? Warst du nochmal bei ihr?«

»Ja.«

»Und was ist passiert? Wegen mir hättest du nicht nochmal hingehen brauchen ...«

»Ich bin wegen einer Freundin hin, einer anderen, nicht wegen dir.«

»Und? Hat sie was über mich gesagt?«

»Ja, eine Menge.«

»Dein Bruder bringt uns um. Was hat sie denn gesagt?«

»Komisches Zeug.«

Frau Wittmann klopft an die Tür, ich erkenne es an der Art, wie sie klopft, als hätte sie Fingerknöchel aus Eisen. Ich sage zu

Marta Paula, sie soll nicht auflegen, und mache, noch im Nachthemd, die Tür auf.

»Unten ist ein junger Mann, der mit Ihnen sprechen will«, sagt Frau Wittmann in vorwurfsvollem Ton. Was für ein junger Mann? Miguel Javier? Ich sehe an ihr vorbei und entdecke Yusuf, unten, am Fuß der Treppe. Yusuf ist hier! Er blättert in einer der Zeitschriften, die im Empfangsraum ausliegen, ich sehe seine braunen Hände und spüre ein Kribbeln in den Kniekehlen.

»Marta Paula, ich muss auflegen, aber ich ruf später zurück.«

»Heute Abend?«

»Ja, später.«

»Gut, du rufst also heute Abend zurück, ja?«

»Ja. Vielen Dank für alles.«

»Schon gut. Musst du jetzt gleich auflegen?«

»Ja.«

»Ach so, na gut. Dann sprechen wir später.«

»Ja. Ciao.«

»Ciao.«

2

Frau Wittmann sieht mich abschätzig an. Sie weiß, dass ich schwanger bin, obwohl ich nichts davon erzählt habe. »Ich komme gleich runter«, sage ich und mache die Tür zu. Ich wühle in meinen Kleidern herum, finde aber nichts Passendes, Shanices Sachen sind eigentlich alle schon zu eng, und das, was ich selbst mitgebracht habe, ist für das Wetter hier nicht warm genug. Schließlich ziehe ich einen meiner Röcke und einen Pullover von Shanice an. Für alle Fälle nehme ich auch eine Jacke mit, vielleicht will Yusuf ja mit mir irgendwo hingehen. So oder so ist es besser, wir gehen raus. Hier im Studentenwohnheim möchte ich ihn nicht küssen, nicht vor Frau Wittmann, und wer weiß, ob nicht der Tucumaner plötzlich vorbeikommt. Aber erst mal müsste ich mich kämmen. Da fällt mir ein, was Santiago einmal gesagt hat, an einem Sonntagmorgen, ich war gerade aufgestanden und er betrachtete mich vom Bett aus und sagte, es stehe mir gut, ungekämmt zu sein. Der Gedanke daran erleichtert mich. Was Santiago in diesem Augenblick wohl macht? Was hat Marta Paula gesagt – wie spät ist es jetzt in Argentinien? Wie lange habe ich geschlafen? Schon gehe ich die Treppe hinunter. Kein Geschlechtsverkehr in den nächsten Tagen, haben sie im Krankenhaus gesagt. Daran werde ich mich halten müssen, so schwer es mir fällt. Yusuf steht auf und lächelt mich an, mit seinen Zähnen, seinen Augen, seinem dichten schwarzen Haar. Er umarmt mich, küsst mich auf den Kopf und sagt: »Das hat mir Mario für dich gegeben, seine Wohnungsschlüssel. Er ist nach Frankfurt gefahren, für einen Monat, du kannst bei ihm wohnen. Er hat dir einen Zettel da gelassen, es steht alles drauf, was du wegen der Heizung und dem Boiler wissen musst. Sag mir Bescheid, wenn du Hilfe brauchst, dann helfe ich dir beim Tragen.«

Er küsst mich auf die Stirn und will offensichtlich gleich wieder gehen.

»Musst du schon los?«

»Ja, leider, ich würde wirklich gern bleiben, aber ich hab wahnsinnig viel zu tun.«

Ich umklammere den Schlüsselbund und sehe ihm hinterher. Frau Wittmann beobachtet mich vom Empfangstresen aus. Ich weiß, sie möchte, dass ich so bald wie möglich verschwinde und das Zimmer für einen richtigen Studenten freimache. Sie sagt kein Wort, aber die Art, wie sie mich ansieht, spricht für sich. Ich halte ihrem Blick stand. »Morgen ziehe ich aus«, sage ich schließlich. »Ausgezeichnet«, sagt sie. Schade, ich hatte gedacht, wir würden uns eigentlich ganz gut verstehen. Warum sonst war sie manchmal so liebevoll und freundlich? Warum hat sie mir von ihrer Kindheit in Ungarn erzählt, vom Krieg und ihrem Leben? Vielleicht ist sie so verschlossen, weil sie ständig mit Fremden zurechtkommen muss, sage ich mir. Aber ich möchte nicht einfach so gehen. Also bedanke ich mich bei ihr dafür, dass ich so lange hier habe wohnen dürfen, und erzähle, dass ich zu einem Freund ziehe.

»Zu diesem Türken?«

»Woher wissen Sie, dass er Türke ist?«

Frau Wittmann lächelt und sagt, das sehe man ihm am Gesicht an.

»Türken sind unreinliche Leute, verstehen Sie? Sauberkeit kennen die nicht, das ist für die ein Fremdwort. Türkische Studenten haben wir hier nicht einen einzigen, es gibt keine. Die wollen in diesem Land bloß Geld machen. Und lügen tun sie auch. Bei der ersten Gelegenheit verraten sie die, die ihnen Arbeit und Brot geben, so sind die. Außerdem sind sie gewalttätig und aggressiv. Ich will mit Türken nichts zu tun haben. Wann, haben Sie gesagt, ziehen Sie aus?«

»Morgen, gleich nach dem Frühstück.«

3

Dies ist die letzte Nacht, die ich, die falsche Studentin, in diesem Zimmer verbringe. Auf einmal habe ich es fast lieb. Dafür wohne ich ab morgen in einer richtigen Wohnung. Und vielleicht schläft Yusuf dort neben mir. Ich umarme mein Kissen und stelle mir vor, es seien Yusufs Schultern.

Wahrscheinlich ist er so schnell wieder gegangen, weil Frau Wittmann so unfreundlich war. Aber was mache ich hier eigentlich? Warum vergesse ich die Sache nicht einfach? Ich könnte jetzt noch Schlimmeres verhindern. Nein, ich komme nicht dagegen an, ich muss immerzu an Yusuf denken. Bei der Erinnerung an meinen Besuch bei ihm fange ich an, selig zu lächeln. Bin ich verrückt? Ich kann doch nicht in Marios Wohnung wohnen und die Nächte dort mit Yusuf verbringen. Und was sage ich, wenn das Gespräch auf seine Beziehung zu Mario kommt? Was soll's, dann umarme ich ihn einfach fest und sage gar nichts. Lieber stelle ich keine Fragen, nachher tut es mir nur leid. Oder das, was ich sage, klingt komisch. Besser, wir schweigen beide, Yusuf und ich. Yusuf. Yusuf.

Schon wieder klopft Frau Wittmann an der Tür. Widerwillig mache ich auf, was ist denn jetzt noch? Hätte sie das nicht unten erledigen können? Sie übergibt mir dreißig Euro, den Rest der Miete für diesen Monat.

Ich bedanke mich und sage: »Bis morgen.«

»Glauben Sie an Gott?«, fragt sie plötzlich. Ich bin verwirrt und weiß nicht, was ich antworten soll. Ich fürchte, gleich fügt sie noch etwas über die Türken hinzu.

»Warum?«, frage ich.

»Man muss doch an irgendeinen Gott glauben, finden Sie nicht?«, sagt sie, dreht sich um und geht.

Ich schließe die Tür und lege mich ins Bett. Ich möchte wieder an Yusuf denken, aber es gelingt mir nicht. Die dreißig Euro erinnern mich daran, dass ich nicht mehr viel Geld habe. Ich nehme mir vor, Shanices Computer oder eine ihrer Kameras zu verkaufen. Bestimmt hat einer meiner Mitbewohner Interesse daran.

Acht

1

Miguel Javier hört schweigend zu. Hin und wieder rührt er mit dem Löffel in seiner Kaffeetasse, deren Inhalt längst kalt sein muss. Wir sitzen an demselben Tisch wie bei unserem ersten gemeinsamen Frühstück an dem Tag, an dem wir später zum Schloss gegangen sind – auf dem Weg dorthin hat er mir damals auf den Kopf zugesagt, dass ich schwanger sei. Jetzt erzähle ich, dass ich meine Koffer gepackt habe und gleich nach dem Frühstück Frau Wittmann die Schlüssel zurückgeben werde. »Ich dachte, du würdest länger bleiben«, sagt Miguel Javier. Ich mache ihm klar, dass das so oder so nicht ginge, dass Marios Wohnung nicht weit entfernt ist und dass er mich besuchen kann, wann immer er will. »Ich dachte, du würdest länger bleiben«, wiederholt er nur.

Schweigend frühstücken wir zu Ende.

Da fällt mir ein, dass ich seine Schwester noch nicht zurückgerufen habe. Das mache ich heute Nachmittag, wenn ich in Marios Wohnung bin und in Ruhe telefonieren kann. Gestern war ich nicht dazu imstande, nach dem Besuch von Yusuf und der gereizten Unterhaltung mit Frau Wittmann war ich todmüde, obwohl ich davor so lange geschlafen hatte.

Miguel Javier bietet an, mir beim Koffertragen zu helfen. Ich gehe zum Empfangstresen und übergebe Frau Wittmann die Schlüssel. »Alles Gute«, sagt sie, ohne von der Zeitung aufzusehen, in deren Lektüre sie vertieft ist.

Als das Taxi kommt, sind schon fast alle Studenten zur Universität aufgebrochen.

»Hast du heute keinen Unterricht, Miguel?«, frage ich.

»Heute gehe ich nicht.«

2

Marios Wohnung ist wirklich schön. Wir stellen das Gepäck ins Wohnzimmer und gehen einmal durch alle Räume. Ich freue mich, dass Miguel Javier hier ist und ich ihm die Sachen von Mario zeigen kann. Es ist, als gehörte all das auf einmal mir – mein Badezimmer, meine Handtücher, meine Küche, meine Kochtöpfe, mein Wohnzimmer, mein Sofa, mein Bücherregal und, draußen, mein kleiner Garten, meine Blumen, meine Gießkanne – und mein toter Vogel auf dem Rasen, abscheulich, schon halb von Ameisen aufgefressen.

»Nicht anfassen!«

»Ich will ihn ja bloß anschauen.«

»Ich hol was, um ihn einzuwickeln, und dann schmeiß ich ihn in den Müll.«

Der Tucumaner verschwindet in der Wohnung und kommt kurz darauf mit mehreren Papierservietten zurück, wickelt den toten Vogel ein und hebt ihn auf.

»Ich glaube, ich werfe ihn besser gleich draußen in die Tonne.«

»Was meinst du, wie lange ist er schon tot?«

»Seit einem Tag vielleicht, vielleicht auch erst seit ein paar Stunden.«

Ich muss an Shanice denken und an die Leute, die sie gefunden haben. Ich weiß noch, wie sie sie in einer schwarzen Hülle davongetragen haben. Der Tucumaner kümmert sich geschickt um die Entsorgung des toten Tiers. Ich gehe in die Küche, setze Wasser auf und mache mich auf die Suche nach einem Matebecher. Schon bald habe ich einen gefunden, ein riesiges Gefäß mit einem Rand aus Neusilber und der Inschrift »*Recuerdo de Buenos Aires*«, wahrscheinlich ein Mitbringsel. Ich frage mich, ob Mario ab und zu Besuch aus Argentinien hat. Gleich darauf finde ich auch eine Dose mit Matetee, und wenig später biete ich Miguel Javier unseren ersten gemeinsamen Mate hier in Deutschland an.

»Danke, aber ich mag keinen Mate.«

»Nein?«

»Nein, bei uns zu Hause trinken alle Mate, bloß ich nicht, ich finde Mate widerlich, davon bekomme ich Sodbrennen.«

Er geht ins Bad, um sich die Hände zu waschen, und mir fällt wieder ein, dass ich Marta Paula noch einen Anruf schulde. Wenn sie in diesem Augenblick hier wäre, würde sie bestimmt mehrere Becher Mate mit mir trinken und ausführlich erzählen, was Feli alles gesagt hat. Ich kann sie aber erst zurückrufen, wenn ihr Bruder fortgegangen ist.

Ich setze mich aufs Sofa. Miguel Javier kommt zurück und sieht sich die Bücher im Regal und die Schallplattensammlung an.

»Dein Freund Mario hat wirklich schöne Sachen. Warum ist er eigentlich nach Frankfurt gefahren?«

»Er hat da an der Uni zu tun, nehme ich an.«

»Soll ich dir beim Auspacken helfen?«

»Nein, keine Sorge, das schaffe ich nachher allein. Erst mal brauche ich sowieso kaum was. Die Hälfte der Sachen sind von Shanice, ich selbst hatte bei der Ankunft in Deutschland nur einen Koffer und den Rucksack dabei.«

»Ich glaube, ich trink jetzt doch einen Mate.«

Mit angewidertem Gesichtsausdruck saugt Miguel Javier an dem Trinkröhrchen. Ich frage, ob er Zucker möchte, und er gibt drei oder vier Löffel hinein, sein Mate muss jetzt ungenießbar sein. Wir unterhalten uns eine Weile über die Wohnung und die verschiedenen Apparate, die es hier gibt – die Kaffeemaschine, die Stereoanlage, den Fernseher, den Thermostat. Dann versinken wir in Schweigen, wie beim Frühstück. Ich weiß, dass Miguel Javier traurig ist, weil ich aus dem Studentenheim ausgezogen bin, und ich sage mir, dass es auch mir schwerfallen würde, dort ohne ihn wohnen zu müssen.

»Vermisst du deine Familie und Tucumán?«

Miguel Javier saugt nachdenklich an dem Röhrchen.

»Ja und nein. Manchmal würde ich am liebsten für immer hierbleiben und nie mehr zurückfahren. Aber wenn dann meine Mutter oder Marta Paula anrufen, fällt mir alles Mögliche von dort ein und ich bekomme große Lust, wieder bei ihnen zu sein. Ich kann vor allem die Vorstellung nicht ertragen, dass ihnen was fehlt, dass sie Probleme haben. Mein Vater ist schon alt, er bekommt, ehrlich gesagt, nichts mehr mit. Meine Mutter ist den ganzen Tag mit Kochen beschäftigt, sie kocht für die Familie und dazu noch für andere Leute. Meine Schwestern haben mit ihren eigenen Sachen zu tun, mit ihren Kindern und ihren sonstigen Problemen. Nur Marta Paula hilft meinen Eltern, schließlich wohnt sie ja wieder bei ihnen, die anderen haben keine Zeit. Ich hab ihr damals bei der Jobsuche geholfen, sie ist ein total lieber Mensch, aber oft auch ganz schön durch den Wind, verstehst du? Als sie sich verliebt hatte, hat sie kurz hintereinander drei Kinder bekommen, sie hat nicht mal die Sekundarschule zu Ende gemacht. Und dann hat sich herausgestellt, dass ihr Mann der letzte Abschaum ist. Er gibt ihr kein Geld, und die Kinder bekommen ihn auch nie zu sehen. Ich hab immer gespart, um hierherkommen zu können, und eines Tages waren dreitausend Pesos verschwunden, die ich versteckt hatte. Am liebsten wär ich tot umgefallen, weil – du kannst mir echt alles antun, aber die Vorstellung, dass meine eigene Schwester mich beklaut, könnte ich nicht ertragen. Also hab ich sie zur Rede gestellt und ausgefragt, aber am Ende war klar, dass sie es nicht gewesen war. Dann hab ich rausgefunden, dass ihr Mann an dem Tag da gewesen war, und da hab ich kapiert, dass der Typ ein richtiger Gauner ist.«

Miguel Javier stellt auf einmal den Matebecher ab und steht mit weit aufgerissenen Augen auf.

»Hast du die Koffer aufgemacht?«

»Nein.«

Ich richte mich auf und stelle fest, dass zwei von Shanices Koffern offen sind, man kann die Kleidung darin sehen.

»Du hast sie aufgemacht, weil du was rausnehmen wolltest, und jetzt erinnerst du dich nicht mehr«, sagt Miguel Javier vorwurfsvoll.

»Nein, seit wir reingekommen sind, hab ich sie nicht angerührt«, erwidere ich. Eine Weile geht es so hin und her.

»Glaubst du, dass es so was wie Gespenster gibt?«, sagt Miguel Javier schließlich.

»Quatsch. Die Koffer sind bestimmt von allein aufgegangen, wahrscheinlich funktionieren die Verschlüsse nicht richtig.«

3

Es ist schon nach zwölf, aber der Tucumaner ist immer noch da. Er hat mehrere Bücher aus dem Regal gezogen und durchgeblättert und dann den Fernseher eingeschaltet. Jetzt sieht er die Nachrichten, gerade werden die Lottozahlen durchgegeben. Ich bin dabei, zu kochen, in Marios Kühlschrank habe ich Würstchen, Tomaten und Käse gefunden. Nachher muss ich noch einkaufen gehen. Nachher, wenn der Tucumaner weg ist und ich mit Marta Paula telefoniert habe. Miguel Javier kommt in die Küche und sagt, es hat geklingelt, er fragt, ob er öffnen soll oder ob wir so tun sollen, als wäre niemand da.

»Nein, geh bitte hin und sieh nach, wer es ist«, sage ich und hebe mit einer Gabel die Würstchen aus dem heißen Wasser. Jetzt brauche ich noch Teller, Gläser und eine Tischdecke. Miguel Javier kommt zurück.

»Da ist ein Freund von dir«, sagt er.

»Hast du aufgemacht?«

»Nein.«

»Warte, ich gehe hin.«

Als ich die Türe aufmache, steht Yusuf lächelnd vor mir. Da muss ich wohl noch mehr Würstchen warm machen, sage ich mir. Und als ich ihn hereinbitte, habe ich das Gefühl, dass die Wohnung erst jetzt ein rundum vollkommener Ort wird.

Ich stelle ihm den Tucumaner vor, der ihn bloß verdattert ansieht. Wenig später sitzen wir drei am Tisch und essen zu Mittag.

Miguel Javier fragt Yusuf, was er beruflich macht. Yusuf sagt, er hilft im Laden seines Onkels und ist außerdem Fotograf. Ich spreche über Yusufs Fotos und wiederhole wie ein Papagei, was

Mario darüber gesagt hat: »Yusufs Fotos sind wirklich was Besonderes. Normalerweise interessiere ich mich nicht für das Werk irgendwelcher selbsternannten Künstler, aber in seinem Fall handelt es sich um eine ernstzunehmende, solide Sache.«

Der Tucumaner isst schweigend vor sich hin, offensichtlich ist er verwirrt, das sieht man ihm an. Vorhin hat er aus Versehen sein Glas umgestoßen und musste lauter Papierservietten auf dem Tisch ausbreiten, um die Überschwemmung einzudämmen. Als wir mit dem Essen fertig sind, bleibt er einfach sitzen, ohne beim Abdecken zu helfen. Dafür steht Yusuf auf und sagt, er könne abspülen. Miguel Javier starrt mich an und rührt sich immer noch nicht vom Fleck.

»Ich glaube, eine kleine Mittagsruhe würde mir guttun«, sage ich.

»Ich geh schon«, sagt Miguel Javier, und bevor ich etwas erwidern kann, steht er auf, zieht seine Jacke an und steuert auf die Tür zu.

»Alles klar, ich hab verstanden«, murmelt er mit zusammengebissenen Zähnen und verlässt die Wohnung.

4

Kaum bin ich mit Yusuf allein in Marios Wohnung, fange ich an, davon zu träumen, eine richtige Familie zu gründen. Ich sehe Yusuf dabei zu, wie er das Geschirr abtrocknet, alles wieder an seinen Platz stellt, Kaffee kocht. Er bewegt sich mit völliger Sicherheit durch die Küche, öffnet, ohne überlegen zu müssen, die jeweils richtige Schublade, findet sofort, was er braucht – Geschirrtücher,

Tassen, Teelöffel. Ich frage mich, wie oft er wohl schon hier gewesen ist, versuche dann aber, nicht weiter darüber nachzudenken.

»Ich glaube, du warst ein bisschen grausam zu deinem Freund.«

»Zu Miguel Javier? Warum?«

»Er ist offensichtlich in dich verliebt.«

Yusuf kommt zu mir, legt die Hände an mein Gesicht und küsst mich auf den Mund. Ob ich deswegen in Buenos Aires blindlings ins Flugzeug gestiegen bin? Um genau dies zu erleben? Hätte ich nur vorgehabt, an den Ort zurückzukehren, an dem ich meine Kindheit verbracht habe, wäre das wohl auch ein bisschen wenig gewesen.

Trotzdem durchfährt es mich bei dem Gedanken daran, was ich alles in Buenos Aires zurückgelassen habe – meine Arbeit, meine Familie, Santiago. Was würde dort aus mir werden? Und was wäre aus mir geworden, wenn meine Eltern damals nicht nach Argentinien zurückgekehrt wären, wenn ich also hier geblieben wäre?

»Schlafen kann ich heute mit dir nicht«, stammele ich und erkläre Yusuf, dass die Ärzte das so verfügt haben, allerdings nur für ein paar Tage. Erst jetzt scheint ihm wieder einzufallen, dass ich schwanger bin, er fragt, ob es mir gut geht und was ich vorhabe, wenn das Kind zur Welt kommt.

»Ich weiß es nicht«, sage ich. Und das stimmt, ich habe keine Ahnung.

Plötzlich sehe ich das dümmliche Gesicht des Typen vor mir, der der Vater meines Kindes sein könnte. Damit meine ich nicht Santiago, Santiago sieht intelligent aus, auch wenn er vielleicht gar nicht so intelligent ist. Ich meine Leonardo, den von dem Maklerbüro, den Gedanken an ihn habe ich nach Kräften verdrängt, aber jetzt steigt die Erinnerung daran, wie er aussieht, unweigerlich in mir auf. Ein dümmliches Gesicht, allerdings, erst recht, als er zu mir sagte, ich solle bei ihm übernachten – »Süße«, »Schätzchen«, ja sogar »Baby« hat er mich damals genannt.

Yusuf sagt, mir werde schon was einfallen, wenn es so weit ist. Was mich kein bisschen beruhigt – dass *uns* dann schon was einfallen werde, sagt er schließlich nicht. Dabei ist alles, was ich mir in diesem Augenblick wünsche, dass diese Geschichte weitergeht, immer weiter, dass sie niemals aufhört.

Anschließend schweigen wir, sagen bloß ab und zu belanglose Dinge, wie, dass es in diesen Tagen wirklich kalt geworden ist, dass es gut ist, dass ich nicht mehr in dem Heim zu wohnen brauche, dass Yusufs nächste Ausstellung schon in einer Woche eröffnet wird. Ich würde ihn gern bitten, heute Nacht hier zu bleiben, aber er wirkt unruhig, und ich traue mich nicht. Dann erzähle ich von dem toten Vogel, den wir heute Morgen im Garten gefunden haben, und dass Miguel Javier ihn ohne mit der Wimper zu zucken entsorgt hat. Als Yusuf mich daraufhin anlächelt, sage ich mit erstickter Stimme:

»Ich fände es schön, wenn du heute Nacht hierbleibst.«

»Eine Sache muss ich dir noch sagen«, antwortet Yusuf.

In mir zieht sich alles zusammen.

»Mario ist krank, er ist wegen einer Behandlung nach Frankfurt gefahren.«

»Was für eine Behandlung? Was hat er denn?«

»Irgendwas mit der Leber, was genau, haben sie noch nicht rausgefunden.«

»Am besten, ich fahre gleich zu ihm.«

»Nein, er hat mich gebeten, dir nichts zu sagen. Wenn er wieder da ist, wissen wir mehr, dann können wir ihm auch helfen.«

Bei dem Gedanken daran, dass Mario in diesem Augenblick irgendwo in einem Krankenhausbett liegt, bekomme ich weiche Knie. Yusuf legt mir den Arm um die Schulter, und wir gehen zum Sofa, legen uns nebeneinander hin und starren lange an die Decke.

»Ich bleibe heute Nacht da«, sagt Yusuf, und ich presse mich an ihn.

5

Wir unterhalten uns auf Deutsch – wenn Yusuf mit mir spricht, verwendet er vor allem einfache, leicht verständliche Wörter und Sätze. Um mir mitzuteilen, dass wir eine unglaubliche Nacht verbracht haben, sagt er: »Ich habe gut geschlafen.« Dann küsst er mich, steht auf und verkündet, er macht Kaffee. Miteinander geschlafen haben wir in der Nacht nicht, trotzdem war es, glaube ich, eine der intensivsten Nächte, die ich je erlebt habe. Womit soll ich sie vergleichen? Es war wie eine Bluttransfusion, vor Glück hat die Erde gebebt, irgendetwas in der Art. Ich bleibe im Bett liegen und höre, wie er sich in der Küche zu schaffen macht. Dabei versuche ich, mir vorzustellen, wie sein Körper im Halbdunkel der Nacht aussah. Erneut spüre ich seine Brust an meinem Rücken, fühle, wie seine Hände mein Haar anheben, damit er mich auf den Hals küssen kann. Und dann fällt mir auch das mit Shanices Handy wieder ein, irgendwann in der Nacht hat es angefangen zu klingeln. Es hat gar nicht mehr aufgehört, also bin ich zuletzt aus dem Bett gestiegen, um dranzugehen. Nackt wie ich war, habe ich mich in eine Decke gewickelt und bin nach unten gegangen. Ich war völlig durcheinander, nervös, und habe gedacht, es hat mit Mario zu tun. Aber es war Marta Paula. Sie hat wirres Zeug geredet, ihre Stimme war heiser und klang wie die von jemand anderem. Ich habe sie um Entschuldigung gebeten, weil ich trotz meines Versprechens nicht zurückgerufen hatte. Sie hat immer wieder gesagt »wir müssen reden«, »wir müssen reden«, wie ein Automat, nur ab und zu unterbrochen von einer Art Wehklage, einem unterdrückten Schluchzen, das mich sehr beunruhigt hat.

»Was ist denn los?«

»Das ist alles bloß wegen der Feli, weil ich wieder bei ihr war. Sie hat irgendwas mit mir angestellt, keine Ahnung ... Sie hat mit mir geschimpft. Sie hat gesagt, ich soll mit dir reden, weißt du? ... Sie hat gefragt, ob du immer noch mit dieser Frau unterwegs bist, mit der Mutter von der Toten, und sie hat gesagt, dass man das nicht auf die leichte Schulter nehmen darf ..., und dass ich ..., sie hat gefragt, was ich mit den Schuhen gemacht hab. Nichts, Doña Feli, die hab ich zu Haus. Und da hat sie so komisch gelacht und gefragt, ob ich die denn anhaben will, wenn sie auch mich in so einen schwarzen Sack stecken. Was für einen Sack?, hab ich gefragt. Keiner kennt sein Schicksal, aber das Leben, das du führst, ist der letzte Dreck, hat sie geantwortet. Wieso der letzte Dreck? Und da hat sie eine Handbewegung gemacht, als ob sie sagen will, dass sie keine Lust mehr hat, mit mir zu sprechen, aber ich hab nicht nachgegeben, und da hat sie gesagt, dass wir alle früher oder später in einem schwarzen Sack enden, ich soll ruhig dich fragen. Und dann hat sie noch mehr Sachen gesagt, aber die weiß ich jetzt nicht mehr ...«

»Geh da bloß nicht mehr hin, Marta. Vergiss das alles.«

»Die Schuhe hab ich weggeworfen.«

»Ja, gut, das finde ich gut.«

»Und was soll das mit dem schwarzen Sack?«

»Vergiss es, denk einfach nicht mehr daran.«

Dann haben wir beide geschwiegen, und ich habe im Hintergrund Musik gehört, Cumbia-Musik, und Leute, die sich unterhielten. Ich habe Marta Paula gefragt, wo sie ist, aber sie hat nicht geantwortet. Dafür hat sie irgendwann gesagt, dass sie schon seit ein paar Tagen nicht schlafen kann. Da habe ich gesagt, sie soll sich erst mal ausruhen, dann geht es ihr bestimmt gleich besser. Und dass wir lieber morgen nochmal telefonieren.

Als ich wieder im Bett lag, habe ich Yusuf, so gut ich konnte, erzählt, wer diese Marta Paula ist und dass wir so was wie Freundinnen sind, seit ich ihr ein Paket mit Kleidern und Schuhen geschickt habe, und von Feli habe ich ihm auch erzählt, und dass die Sache sich ziemlich unangenehm entwickelt hat. Da hat er gesagt, er finde das eine ziemlich spannende Geschichte, aber gleich darauf hat er wieder seine Arme und Beine um mich gelegt, und dann haben wir nichts mehr gesagt.

Neun

1

Als ich wieder aufwache, brauche ich eine Weile, um zu begreifen, wo ich bin. In Marios Wohnung ist das Licht morgens anders als in meinem Zimmer im Studentenwohnheim, dafür ähnelt es dem Licht in der Wohnung in Buenos Aires. Yusuf liegt nicht neben mir, ich höre, dass er in der Küche unterwegs ist. Was macht er? Warum hat er mich nicht geweckt? Ich stehe auf, und während ich auf der Suche nach einer Hose und einem T-Shirt den Koffer durchwühle, befällt mich eine Erinnerung – Santiago, der das Frühstück macht, ich, die ich mich nach passender Kleidung für die Arbeit umsehe, und Ringo, der zwischen uns beiden hin und her läuft und schwanzwedelnd auf seinem Morgenspaziergang besteht. Die Erinnerung schmerzt, kaum auszuhalten, und sie mischt sich mit einem schlechten Gewissen, weil ich all das einfach sich selbst überlassen habe, und dem scheinbar sicheren Gefühl, dass ich nie mehr dort leben werde.

Ich gehe in die Küche, zu Yusuf, er hat inzwischen Kaffee gekocht und Brot getoastet. Er sagt, er muss bald weg. Wir sprechen nur wenig, so gut wie gar nicht. Ich würde mich gern wieder mit ihm ins Bett legen oder ihn, wenn, dann lieber gleich, zur Tür begleiten und verabschieden, um wieder allein sein zu können. Ich spüle die Tassen ab, aus denen wir gerade getrunken haben. Yusuf wandert durch die Wohnung, betritt das Bad, trinkt Wasser aus einer Flasche im Kühlschrank, geht hinaus in den Garten und raucht. Ich bin nervös – warum ist er immer noch da, obwohl er gesagt hat, er muss los?

Ich müsste mit Mario sprechen, herausfinden, wie es ihm geht, ob er etwas braucht. Ich gehe zu Yusuf und sage, er soll mir bitte die Nummer von dem Krankenhaus geben, in dem Mario ist. »Die hab ich nicht«, sagt Yusuf. Dann eben den Namen von dem Krankenhaus, irgendwas, wonach ich im Internet suchen kann, Mario hat kein Handy, aber irgendwie muss ich ihn schließlich finden. Auch den Namen weiß Yusuf nicht. »Mario möchte nicht, dass wir nach ihm suchen«, sagt Yusuf. Warum ist er sich da so sicher? Und wieso ist er so ruhig und gelassen?

»Ich möchte allein sein«, sage ich. Yusuf macht die Zigarette aus und blickt mich eine Weile schweigend an. »Sehen wir uns nachher?«, fragt er. Ich sage ja, und er geht.

2

Als ich allein bin, kommt die Wohnung mir riesig vor. Stundenlang wühle ich in Marios Sachen herum und stoße unter anderem auf die Schachteln, die wir bei meinem ersten Besuch durchgesehen haben. Ich lese die Briefe, die ich ihm als Kind geschrieben habe. In manchen bitte ich ihn, uns bald in Buenos Aires zu besuchen, in anderen erzähle ich, dass ich zu ihm nach Deutschland kommen und mit ihm im Heidelberger Schloss wohnen möchte. Ich stelle fest, dass sich meine Unterschrift seit damals kaum verändert hat. Neben meinem Namen habe ich jedes Mal ein Herz oder einen Stern gezeichnet.

Außer Briefen und Postkarten sind auch Fotos in der Schachtel. Auf einmal sehe ich die eckige Kodak-Kamera wieder vor mir, die wir damals hatten, mit diesem Blitzwürfel, den man oben einsetzen musste. Ich glaube, viele der Fotos sind mit dieser Kamera gemacht worden. Auf mehreren bin ich zu sehen – in dem Haus in der Keplerstraße, auf einer Rutsche in einem Park und in einem Wald in der Nähe eines Sees, neben Mario. Auf dem letzten Foto erscheinen außerdem am rechten Bildrand ein paar seltsame Tiere. Ich sehe mir das Bild lange aufmerksam an. Um was für Tiere es sich handelt, kann ich nicht erkennen, es könnten Ziegen oder kleine Büffel sein oder was auch immer. Auf allen Fotos ist auf der Rückseite ein Datum und eine Ortsangabe verzeichnet. Zu den Tieren ist seltsamerweise nichts vermerkt.

Ein Schwarz-Weiß-Foto zeigt mehrere Männer auf einer Treppe, die zu einem öffentlichen Gebäude hinaufführt. Auf der Rückseite verkündet ein zierlicher Schriftzug: »Universidad de la Plata, 1975.« Dazu die Namen der abgebildeten Personen. Es handelt sich vor allem um Professoren, es sind aber auch einige Studenten dabei. Einer der Professoren ist mein Vater, sein Anzug scheint ein wenig eng zu sein und zu drücken, trotzdem lächelt er übers ganze Gesicht. Auch Mario ist zu sehen, er steht am Rand, mit üppigem Haar und einer Brille mit einem dicken dunklen Gestell. Er dürfte nicht älter als fünfundzwanzig sein.

In einer anderen Schachtel entdecke ich ein mit einem blauen Band zusammengeschnürtes Bündel Briefe. Vorsichtig löse ich den Knoten und empfinde dabei weniger Schuldgefühle als Neugier. Es sind fünf Briefe von Elvio, Marios totem Geliebten. Der erste trägt das Datum »März '79«. Wie Elvio schreibt, wurde er damals in etwas, was er selbst als »die Höhle« bezeichnet, festgehalten. Er versichert, am Ende des Monats werde er freikommen, dann könnten sie sich in Mexiko, Spanien oder Deutschland treffen. Der Text ist voller rätselhafter, wahrscheinlich verschlüsselter Ausdrücke, manche Passagen bleiben für mich völlig unverständlich, trotzdem habe ich wohl noch nie etwas dermaßen Bedrückendes zu lesen bekommen. Zu den Wörtern, die keine weitere Erklärung brauchen, gehören »Reue«, »Hölle«, »Ohnmacht«. Das abgegriffene Papier ist im Lauf der Jahre vergilbt und an den Faltstellen brüchig geworden. »Am Monatsende lassen sie mich raus, wohin sie mich bringen, weiß ich nicht, aber wir sehen uns wieder«, heißt es weiter unten noch einmal.

Als ich den Brief zu Ende gelesen habe, habe ich keine Kraft mehr für die übrigen vier. Ich gehe in die Küche, um mir mit einem Geschirrtuch oder womit auch immer die Tränen abzuwischen. Außerdem muss ich Wasser trinken; nachdem ich all die Schachteln durchgesehen habe, bin ich unendlich durstig.

Durchs Küchenfenster blickt man auf den Hof und in den kleinen Garten. Innerhalb weniger Tage hat sich dort überall trockenes Laub angesammelt. Bevor Mario zurückkehrt, werde ich alles zusammenfegen und wegschaffen, wann genau er wiederkommt, weiß ich nicht, ich hoffe, bald.

3

Ich war fest entschlossen, das Studentenwohnheim nie wieder zu betreten. Nach der feindseligen Verabschiedung durch Frau Wittmann hatte ich das Gefühl, dort nichts mehr verloren zu haben.

Aber gerade hat der Tucumaner angerufen und gesagt, ich soll bitte sofort kommen:

»Frau Wittmann, ich und noch ein paar andere Studenten versuchen schon seit einer Weile, Frau Takahashi zu beruhigen, aber das ist unmöglich, sie ist völlig außer sich und fragt die ganze Zeit nur nach dir.«

Ich flehe ihn an, ihr bloß nicht meine neue Adresse zu geben, und verspreche, so schnell wie möglich zu kommen.

Miguel Javier empfängt mich am Eingang. Drinnen bietet sich ein ungewöhnlicher Anblick: Frau Takahashi liegt bäuchlings auf einem Tisch im Speisesaal und gibt abwechselnd japanische Wörter und kurze Sätze auf Englisch von sich. Frau Wittmann geht um den Tisch herum und droht, die Polizei zu rufen. Aus sicherem Abstand verfolgen mehrere Studenten nervös kichernd die Szenerie. »Ich glaube, sie hat einen Anfall«, sagt der Tucumaner. »Sie hat nach dir gefragt, ist dann eine Weile hin und her gelaufen und hat sich schließlich auf den Tisch da gelegt.«

Frau Wittmann kommt mit schnellen Schritten auf mich zu und fasst mich an den Schultern.

»Ich weiß nicht, was ich noch machen soll, ich hab schon alles versucht«, gesteht sie erschöpft.

Mir ist klar, dass ich zu Frau Takahashi gehen und mit ihr sprechen muss, alle erwarten das von mir. Langsam nähere ich mich ihren Füßen, umkreise dann den Tisch und stehe schließlich neben ihrem Kopf. »Frau Takahashi …« Sie nimmt mich nicht wahr, sie hat sich auf die Seite gedreht und wiederholt mit leerem Blick: *»I'm not leaving here.«*

»Ich bin's, Frau Takahashi.«

Jetzt sieht sie mich an, klettert vom Tisch und lässt sich auf einem Stuhl nieder. Dabei bewegt sie sich so elegant, dass die Erinnerung an ihren grotesken Auftritt darüber fast verschwindet.

»Ich musste dich unbedingt sehen. Als ich hier ankam, hat man mir gesagt, dass du nicht mehr hier wohnst, da bin ich ein bisschen nervös geworden, das ist alles. Ich bin auf der Suche nach dir, ich weiß nicht mehr, was ich tun soll, fällt dir was ein? ... Also, nach Hause zurück möchte ich noch nicht, aber meine Kreditkarte funktioniert nicht mehr, und mein Mann beantwortet meine Anrufe nicht. Du warst mit meiner Tochter gut befreundet, du kannst mir helfen. Ich hab ein bisschen viel eingekauft, das stimmt, aber trotzdem möchte ich nicht zurück, ich bin noch nicht so weit. Mein Mann ..., mein Mann hätte mich hier nicht allein zurücklassen dürfen.«

Frau Takahashi verstummt und schlägt die Hände vors Gesicht. Frau Wittmann und der Tucumaner starren mich erwartungsvoll an, als wüsste ich, was jetzt zu tun ist.

»Hier kann sie nicht bleiben, ich habe ihr schon erklärt, dass das ein Studentenwohnheim ist.« Frau Wittmanns heisere Stimme hallt im Speisesaal wider.

Frau Takahashi schluchzt. »Meine Tochter war eine sehr gute Studentin. Sehr, sehr gut! Darum habe ich auch das Recht, eine Weile in ihrem Zimmer zu wohnen.«

Ich versuche, mir schnell etwas einfallen zu lassen, um mich gleich danach aus dem Staub zu machen. Aber da nimmt Frau Takahashi die Hände vom Gesicht und klammert sich an mich. Ihre Finger sind eiskalt.

»Nimm mich mit, wenigstens für diese Nacht. Ins Hotel kann ich nicht mehr, tu's Shanice zuliebe, oder mir zuliebe, ich hab sonst niemanden mehr.«

4

Ich habe getan, was in meiner Macht steht, damit es nicht so weit kommt. Ich habe versucht, Herrn Takahashi vom Telefon des Wohnheims aus anzurufen, ich habe vorgeschlagen, mich mit der japanischen Botschaft in Verbindung zu setzen, ich habe Frau Wittmann gebeten, für eine Nacht eine Ausnahme zu machen und Frau Takahashi aufzunehmen, aber es war alles vergeblich. Ich war nahe daran, einfach zu gehen, ohne irgendwelche Ausreden oder Erklärungen, nur meine schrecklichen Gewissensbisse haben mich abgehalten. Vor mir saß Frau Takahashi, die Augen flehend auf mich gerichtet, kurz vor dem endgültigen Absturz, wie ein verdorrter, vom Blitz getroffener Baum, der schon im nächsten Moment umstürzen kann, wie hätte ich sie da sich selbst überlassen sollen?

Jetzt sitzt sie im Wohnzimmer meiner neuen Behausung und scheint sich ein wenig erholt zu haben. Schweigend und ernst bemüht sie sich, ein Lächeln zu zeigen, und nickt zustimmend zu allem, was ich sage.

»Möchten Sie einen Tee, Frau Takahashi? Oder möchten Sie duschen? Dann gebe ich Ihnen ein schönes frisches Handtuch. Und morgen gehen wir zusammen zur Botschaft, da kommt alles wieder in Ordnung. Sie müssen so schnell wie möglich zurück nach Hause.«

Ich bringe ihr den Tee und schalte den Fernseher ein. Ich suche nach einem leichten, unterhaltsamen Film, irgendwas, was uns auf andere Gedanken bringt und an einen weniger bedrückenden Ort versetzt. Ich entscheide mich für einen alten Schwarz-Weiß-Film, Audrey Hepburn und Gregory Peck spazieren durch Rom und unterhalten sich mit deutschen Synchronisationsstimmen. Frau

Takahashi scheint sich dafür zu interessieren, mit hochgezogenen Brauen betrachtet sie die Bilder im Fernseher, als würden sie sie an etwas erinnern, dann seufzt sie. »Ein schöner Film«, sage ich. Sie nickt. Dass sie kein Wort sagt, beunruhigt mich, so geht das schon, seit wir in Marios Wohnung sind. Ich wende mich wieder dem Fernseher zu, aus dem Augenwinkel kann ich jedoch sehen, dass Frau Takahashi offensichtlich von dem Film entzückt ist. Ich tue, als würde ich mich ganz auf den Fortgang der Geschichte konzentrieren, und überlege, wie ich im Weiteren vorgehen soll. Zuerst muss ich herausfinden, wo in Deutschland die japanische Botschaft ist, oder auch ein Konsulat, in Heidelberg wohl kaum. Dann brauche ich jemanden, der Frau Takahashi dorthin begleitet, vielleicht Miguel Javier ... Yusuf wage ich nicht zu fragen, und ich selbst will die Wohnung nicht verlassen, solange Mario nicht wieder da ist. Warum meldet Mario sich nicht? Er wüsste, was jetzt zu tun ist.

Wieder seufzt Frau Takahashi, sie scheint sich in einer anderen Welt zu befinden. Ich stehe auf, sage als Ausrede, ich wolle noch mehr Tee machen, und gehe zum Computer, um nach der Adresse der Botschaft zu suchen. Ich finde sie sofort: Hiroshimastraße 6, Berlin. In Frankfurt gibt es eine Nebenstelle, vielleicht kann ich Frau Takahashi morgen dorthin bringen und mich anschließend auf die Suche nach Mario machen, auch wenn ich den ganzen Tag dafür brauche. Hier alles aufräumen, die Blumen gießen, die Tür abschließen und die Sache in Ordnung bringen – wenn wir früh genug aufbrechen, können wir gleich zu Beginn der Öffnungszeit bei der Botschaft sein, dort erkläre ich dem zuständigen Beamten, was los ist: »Diese Frau steht unter Schock, sie ist allein, hat kein Geld und muss zurück in ihr Heimatland. Bitte, kümmern Sie sich um sie, dazu sind Sie verpflichtet.« Und dann suche ich nach Mario, falls nötig in sämtlichen Krankenhäusern Frankfurts, so viele können das schließlich nicht sein. Und wenn ich ihn gefunden habe, nehme ich ihn mit und bringe ihn nach Hause, oder ich bleibe bei ihm und helfe ihm, so lange wie nötig, bis wir gemeinsam zurückkehren können.

5

Plötzlich spüre ich Frau Takahashis eiskalte Hände an meinem Kopf. Mit einem Satz springe ich auf.

»Du hast schöne Haare«, sagt sie, »du solltest sie wachsen lassen, bis zur Hüfte.«

»Sie haben mich erschreckt ... Ist der Film zu Ende?«

»Oh, ja. Ein sehr alter Film. Ich glaube, die Schauspieler sind schon tot. Sie waren sehr hübsch. An die Straßen in Rom erinnere ich mich noch genau. Glaubst du, ich schaffe es noch einmal dorthin? Ich glaube nicht. Dafür ist es zu spät. Danke, dass du mich hierher mitgenommen hast, das war sehr nett von dir.«

Ich lasse den Computer herunterfahren, es dauert aber eine Weile, bis die knallige Fahne Japans, die die Startseite der Botschaft ziert, vom Bildschirm verschwunden ist.

»Gehen wir irgendwo was essen«, sage ich, »ich lade Sie ein.«

Die Japanerin lächelt und antwortet langsam:

»Ich würde lieber hierbleiben. Deine Wohnung ist sehr gemütlich, und ich habe die ganzen letzten Abende in Restaurants gegessen ... Es gibt nichts Schöneres als ein warmes, freundliches Zuhause, findest du nicht? Hier fühlt man sich so gut! Ich hatte ganz vergessen, dass das möglich ist.«

Frau Takahashi hat recht. Am besten, wir bleiben hier und bereiten alles für den morgigen Ausflug vor. Ich koche einfach Nudeln, mache eine Flasche Wein auf und bespreche mit ihr, wie wir im Weiteren vorgehen. Wenn ich überzeugend klinge, wenn ich sie dazu bekomme, mir zuzuhören, wird sie begreifen, dass es so am besten für sie ist, und dann können wir in Ruhe schlafen.

»Mögen Sie Nudeln, Frau Takahashi?«

»Nudeln? Ja, natürlich. Als ich mit Shanice schwanger war, habe ich oft Nudeln gegessen.«

»Das scheint bei Schwangeren häufiger so zu sein, ich esse nämlich auch ...«

»Weißt du schon, wie dein Kind heißen soll?«

»Nein, noch nicht. Ich weiß noch nicht mal, ob es ein Junge oder ein Mädchen ist.«

»Ich glaube, mit Jungen ist alles einfacher. Weißt du, Shanice und ich, wir haben uns nie verstanden, oder vielmehr, wir haben uns viel zu gut verstanden.«

»Das kann doch nicht schlecht sein.«

Frau Takahashi lächelt bitter und streicht sich mit den langen Fingern über die Stirn. Sie ist wirklich wunderschön und gleichzeitig abstoßend und unheimlich. Ich gehe in die Küche, und sie folgt mir, sehr langsam. Während ich das Essen zubereite, sieht sie mir still lächelnd zu, den Kopf zur Seite geneigt, als könnte sie sein Gewicht nicht tragen.

»Ich wünsche dir, dass es ein Junge ist, so viel Leid hast du nicht verdient.«

»Ich bitte Sie! Aber jetzt wollen wir erst mal gemütlich essen, morgen haben wir viel vor. Unser Zug fährt um Viertel nach sechs, dann sind wir schon vor acht in Frankfurt, früh genug, um gleich zu Beginn der Öffnungszeit beim Konsulat zu sein. Alles wird gut, Sie werden schon sehen. Bald sind Sie wieder zu Hause.«

Während ich die Soße anrühre, den Wein öffne und die Nudeln abgieße, sagt Frau Takahashi kein Wort.

Als wir bei Tisch sitzen, versuche ich, ihr ausführlicher und mit so viel Optimismus, wie ich aufbringen kann, darzulegen, wie wir es hinbekommen, dass sie nach Japan zurückkehren kann. Sie sagt auch jetzt nichts, spielt, während sie mir zuhört, mit der Gabel auf dem Teller herum und isst kaum einen Bissen. Irgendwann schlage ich vor, dass wir anstoßen, gieße ihr Wein ein und verdünne für mich den Wein mit Wasser. »Auf die Zukunft!«, sage ich ohne allzu große Überzeugung. Die Japanerin wiederholt wie ein Automat alles, was ich sage, und als sie getrunken hat, fängt sie leise und stockend an zu sprechen:

»Was hast du an dem Tag gemacht?«

»Meinen Sie den Tag, als Shanice gestorben ist?«

»Ja, den Tag, als sie sich umgebracht hat.«

»Das war ein Montag. Da war ich gleich am Morgen im Krankenhaus und habe mich zum ersten Mal wegen meiner Schwangerschaft untersuchen lassen. Am Mittag habe ich mit Miguel Javier in der Cafeteria der Universität gegessen – als ich klein war, war ich da immer mit meiner Mutter. Dann bin ich lange spazieren gegangen, allein, und gegen sechs war ich wieder beim Wohnheim.«

»Und worüber hast du beim Spazierengehen nachgedacht?«

»Das weiß ich nicht mehr.«

Frau Takahashi seufzt und sieht mich erwartungsvoll an, offensichtlich möchte sie hören, wie es an dem Tag weitergegangen ist. Ich weiß nicht, was ich sagen soll, von der Befragung durch den Polizeibeamten, den hysterisch weinenden Studenten und dem schwarzen Sack, in dem der Leichnam ihrer Tochter abtransportiert wurde, möchte ich nicht erzählen. Die Japanerin sieht mich immer noch eindringlich an.

Ich sage, dass die Tage davor sehr lustig waren, erzähle, wie ihre Tochter an dem Karaokeabend für Stimmung gesorgt hat, als wäre sie die eigentliche Hausherrin, dass sie einen zufriedenen, ja begeisterten Eindruck gemacht hat, weshalb wir alle sehr überrascht von ihrer späteren Entscheidung waren. Was gar nicht stimmt – mich hat ihr Selbstmord nicht überrascht, er hat mich nur sehr traurig gemacht, weil ich das Gefühl hatte, dass genau das zu erwarten gewesen war. Wieder sehe ich sie an dem Karaokeabend vor mir und spüre genau, dass das, was von ihr ausging, keineswegs Freude war, sondern Trauer, ein schrecklicher Kummer, den sie mit grellen Farben und lärmender Musik zu überdecken versuchte.

Zehn

1

Ich sehe auf die Uhr, es ist halb fünf. Etwas hat mich wach gemacht, eine Bewegung in meinem Bauch. Zum ersten Mal seit ich schwanger bin, spüre ich so etwas. Gerne würde ich mit jemandem darüber sprechen, aber es liegt niemand neben mir, den ich wecken könnte, um zu ihm zu sagen: »Ich glaube, unser Kind hat sich gerade zum ersten Mal bewegt.« Ich hole tief Luft und ziehe mir die Decke bis über die Schultern. Eine Weile warte ich, ob sich die Bewegung in meinem Inneren wiederholt, ich drehe mich auf die eine Seite, dann auf die andere, aber nichts geschieht. Ich ahne, dass ich nicht wieder werde einschlafen können. Was soll's, in einer halben Stunde läutet der Wecker sowieso, dann heißt es aufstehen, die Sachen zusammenpacken und aufbrechen, damit wir rechtzeitig am Bahnhof sind. Genauso gut kann ich also auch jetzt schon aus dem Bett steigen. Nachdem ich gestern Abend Frau Takahashi auf dem Sofa im Wohnzimmer ein Lager gerichtet hatte, habe ich noch schnell meinen Reisepass, Geld und ein paar Anziehsachen in meinen Rucksack gepackt, für den Fall, dass ich mehrere Tage in Frankfurt bleiben muss. Ich überprüfe noch einmal, ob ich auch wirklich nichts vergessen habe. Gerne würde ich Yusuf anrufen und ihm sagen, dass ich erst zurückkomme, wenn ich Mario gefunden habe, und dass ich das so entschieden habe, auch wenn er und Mario etwas anderes besprochen haben. Aber es ist noch nicht mal hell, ich muss also warten. Ich lege mich wieder hin und starre unruhig an die Decke. Ich frage mich, ob Frau Takahashi hat schlafen können. Sie tut mir leid. Allerdings finde ich es auch sehr verstörend, wenn sie mich ansieht, als wollte sie sagen: »Alles wird noch schlimmer werden, niemand kommt davon, wo immer er sich befindet.« Dabei überläuft es mich jedes Mal eiskalt und danach zieht sich alles in mir zusammen. Plötzlich fühle ich mich fürchterlich müde, aber jetzt ist es wirklich Zeit, aufzustehen und mein Vorhaben umzusetzen. Gestern kam mir alles viel einfacher vor. Ich war geradezu gespannt darauf, wie Frau Takahashi ihren Landsleuten auf der Botschaft ihre Lage erklären würde. Heute Morgen scheint mir das Ganze dagegen ziemlich abwegig, wie eine Aufgabe, die meine Kräfte weit übersteigt, und ich muss gegen mich selbst ankämpfen, um aus dem Bett zu steigen. In der Wohnung ist es ungewohnt kalt, ob die Japanerin sich an der Heizung zu schaffen gemacht hat? Vielleicht war es ihr im Wohnzimmer zu warm und sie hat sie abgeschaltet. Auf jeden Fall ist dies unser letzter gemeinsamer Tag, sobald ich sie in der Botschaft abgeliefert habe, bin ich ihr nichts mehr schuldig, sage ich mir immer wieder, während ich mir die wärmste Kleidung anziehe, die ich finden kann.

2

Ich gehe ins Wohnzimmer und schalte das Licht an. Auf der Sofalehne liegen, sorgfältig zusammengefaltet, die Decken und das Kissen, die ich Frau Takahashi gestern Abend gegeben habe, sie selbst ist jedoch nirgends zu sehen. Ich schaue im Bad, in der Küche und im Garten nach, vielleicht ist sie rausgegangen, um Fliegen zu fangen oder einen Baum zu umarmen oder was auch immer. Wo steckt sie bloß? Was hat sie gemacht? Ist sie fortgegangen? Aber wann? Und mit welchem Geld?

Ich setze mich aufs Sofa und warte, vielleicht kehrt sie ja gleich zurück. Aber ihre Sachen sind auch weg. Sie kommt nicht wieder, sage ich mir schließlich, und ich werde nicht nach Frankfurt fahren, weder mit dem Zug um Viertel nach sechs noch mit dem um acht.

Später gehe ich zu Yusuf. Er sagt, Frau Takahashi kommt bestimmt irgendwann zurück, und ich soll mir schon jetzt überlegen, was ich dann mache. Er sieht mich nicht an, während er mit mir spricht, er ist mit allem Möglichen beschäftigt, ordnet Papiere, schmeißt einige davon weg, empfängt und beantwortet Nachrichten auf seinem Handy. Irgendwann sagt er, er würde gerne mit mir zu Mittag essen, aber leider habe er zu viel zu tun. Keine Ahnung, was genau er alles zu tun hat, doch während ich sehe, wie er zielstrebig eine Sache nach der anderen abarbeitet, werde ich geradezu neidisch. Ich habe nichts zu tun, ich weiß aber noch sehr gut, wie hektisch es in Buenos Aires immer bei mir zuging, und würde Yusuf gerne erzählen, dass auch mein Leben nicht immer nur in beschaulichem Umherwandeln bestanden hat, dass auch ich unaufhörlich Nachrichten erhielt und verschickte und ständig unter Zeitdruck war, was in Buenos Aires aber noch etwas ganz anderes bedeutet als hier in diesem Spielzeugdorf. Yusuf entschuldigt sich, zieht einen Mantel an und reicht mir meinen Mantel, den ich gerade erst ausgezogen habe.

»Wohin gehst du?«, fragt er, schon an der Tür.

»In Richtung Alte Brücke«, sage ich, als hätte ich dort etwas zu erledigen.

»Dann kann ich dich leider nicht begleiten«, sagt Yusuf, küsst mich auf die Stirn und geht hastig in der entgegengesetzten Richtung davon.

Seit ich hier bin, wandere ich ständig ohne wirklichen Grund oder Anlass umher. Zum Beispiel sage ich zu mir: »Gehen wir doch mal zum Marktplatz.« Und am Marktplatz angekommen, sage ich: »Und jetzt zur Heiliggeistkirche.« In diesem Augenblick bin ich, wie ich vorhin schon zu Yusuf gesagt habe, unterwegs zur Alten Brücke, was ich dort vorhabe, weiß ich aber selbst nicht. Falls mich jemand fragt, könnte ich antworten, dass ich nach Heidelberg gekommen bin, um umherzuwandern, zu schlafen und umherzuwandern. Schlafen und wandern – das hört sich nach nichts Besonderem an, aber es gibt kaum etwas Besseres.

In den letzten Tagen ist es deutlich kälter geworden, allzu viele Touristen sind nicht mehr auf den Straßen zu sehen. In Buenos Aires muss dagegen schon vor einiger Zeit die Hitze begonnen haben, die schwüle Hitze zum Jahresende. Ich denke an alle, die ich dort kenne, überlege, was sie bei dem Wetter wohl anziehen und ob sie nachts gut schlafen. Ich habe die heißen Sommernächte immer gemocht, den Geruch der Moskitospiralen, das Geräusch der Ventilatoren, die Freude daran, bis zum Morgengrauen der Müdigkeit zu widerstehen. In der Nacht, als ich mit Leonardo schlief, dem Typen von dem Maklerbüro, der wahrscheinlich der Vater meines Kindes ist, war es ungewöhnlich heiß, viel heißer, als es zu diesem Zeitpunkt des Jahres hätte sein sollen. »Es gibt keinen Frühling mehr«, sagte Leonardo, »der Winter geht jetzt einfach direkt in den Sommer über.« Anschließend malte er genüsslich die schrecklichen klimatischen Verhältnisse aus, denen wir und unsere Nachkommen ausgeliefert sein würden. An sein Gesicht kann ich mich kaum mehr erinnern, dafür weiß ich noch genau, wie heiß es in der Nacht war und dass wir nach Wodka rochen und ich seinen seltsamen Körper umarmt und ihn dabei innerlich angefleht habe, mit dem Gerede aufzuhören.

Vielleicht bin ich irgendwann so weit und sehne mich mit aller Kraft nach Buenos Aires zurück, vielleicht geschieht das aber auch nie. Ich versuche mir vorzustellen, wie meine Eltern sich damals hier gefühlt haben, die Entscheidung, fern von ihrer Heimat zu leben, war ihnen allerdings aufgezwungen worden. Mich dagegen hindert niemand daran, zurückzukehren und mein früheres Leben fortzusetzen. Ganz so wie früher wird es aber nicht mehr gehen. Ich betrete die Brücke, stelle mich an die Brüstung und betrachte den Neckar, der an diesem Morgen still und von niemandem sonst beachtet vor sich hin fließt. Vor der Rückkehr nach Heidelberg war ich überzeugt, dass auch hier alles längst völlig zugebaut sein würde, das stimmt aber nicht; wie ich festgestellt habe, sieht es immer noch genau so aus wie während meiner Kindheit. In dieser Stadt, die, warum auch immer, von den Bombenangriffen und all den anderen wütenden Attacken der Geschichte verschont geblieben ist, hat sich nichts verändert.

Ich lasse den Blick am Neckarufer entlangwandern, bis ich plötzlich etwas wahrnehme, was mich dermaßen erschreckt, dass ich die Augen abwende, mich um 180 Grad drehe und auf den Boden setze, um darüber nachzudenken, ob ich glauben soll, was ich gerade gesehen habe, oder nicht: Am Ufer stand Frau Takahashi und versuchte, einen ihrer – nackten – Füße ins Wasser zu tauchen. Warum bin ich mir so sicher, dass sie es war? Es war ihr glattes und zugleich zerwühltes Haar, ihr langärmeliges schwarzes Kleid, sie war aber zu weit entfernt, als dass ich mir sicher sein könnte. Es könnte sich auch um jemand anderen handeln, oder um *etwas* anderes.

3

Ich gehe nach Hause – in Marios Zuhause – und schließe die Tür hinter mir ab. Bei dieser Kälte rauszugehen war keine gute Idee, ich muss endlich anfangen, auf meine Gesundheit zu achten. Ich stelle die Heizung an, die in der Nacht ausgegangen – oder abgeschaltet worden – ist. So einladend und angenehm wie hier war es wohl in keiner der Wohnungen, in denen ich in den letzten Jahren gelebt habe. Ich sammle die herumstehenden Tassen und Gläser ein und spüle sie ab, Marios Ordnung möchte ich so lange wie möglich aufrechterhalten. Darum esse ich auch nichts im Schlafzimmer, und wenn ich in einem von Marios Büchern lese, stelle ich es anschließend sofort wieder an seinen Platz im Regal zurück. Ich achte darauf, den Müll zu trennen, Glas, Papier, Plastik, Küchenabfälle, alles kommt in unterschiedliche Behältnisse. Außerdem gieße ich regelmäßig die Blumen, und sobald es nötig ist, werde ich im Wohnzimmer staubsaugen.

Es wäre besser gewesen, Frau Takahashi mein gesamtes verbliebenes Geld zu geben, damit sie sich selbst eine Unterkunft suchen kann. Und auch Kontakt zu ihrem Mann oder zu wem auch immer aufzunehmen hätte ich besser ihr überlassen. Vor allem hätte ich sie niemals hierher mitnehmen dürfen. Ich versuche, an etwas anderes zu denken, aber das Bild vom Flussufer steigt immer wieder in mir auf. Ich sehe durch das Fenster, das auf die Straße geht, draußen scheint es inzwischen wirklich sehr kalt zu sein.

Die wenigen Leute, die vorbeikommen, sind bis zu den Ohren eingepackt. Ich schalte den Fernseher ein, die Nachrichtensprecherin kündigt hartes Winterwetter an, mit eisigen Winden aus unterschiedlichen Richtungen, die sie auf einer riesigen Deutschlandkarte anzeigt. Dann sind Bilder von Demonstrationen in mehreren Städten zu sehen, Studenten, Menschenrechtsorganisationen und Migranten protestieren gegen Kürzungen bei den Mitteln zur Unterstützung von Flüchtlingen. Eine Frau steht mit ihrem Baby im Arm da und weint, was sie sagt, verstehe ich nicht. Abwechselnd mit den Bildern von den Demonstranten sind Aufnahmen völlig überfüllter Schiffe zu sehen, Rettungsaktionen auf See, Boote, die kurz davor sind, unterzugehen, Männer, Frauen und Kinder, die ihr Leben aufs Spiel setzen, um nach Europa zu gelangen. Die Sprecherin nennt die Zahl von 800.000 Asylanträgen im laufenden Jahr.

Es klopft an der Tür, ich fahre erschrocken zusammen, stelle den Fernseher aus und bleibe reglos sitzen. Frau Takahashi, sage ich mir, aber sie wäre niemals imstande, so kräftig zu klopfen. »Wer ist da?«, frage ich schließlich, stehe aber nicht auf. Ich höre die Stimme von Miguel Javier, er sagt, ich solle bitte aufmachen. Noch nie habe ich ihn so ernst erlebt, so bedrückt, aber auch so entschlossen. Als ich die Tür aufmache, tritt er grußlos ein und geht mit langen Schritten direkt ins Wohnzimmer. Er sieht mich nicht an, hinsetzen möchte er sich auch nicht – offensichtlich würde er am liebsten den nächstbesten Gegenstand in Stücke schlagen.

»Hast du was von meiner Schwester gehört?«, fragt er.

»Wie meinst du das?«, sage ich.

»Ob sie sich bei dir gemeldet hat, ob du weißt, wo sie ist.«

In der Erinnerung lasse ich unser letztes Telefongespräch Revue passieren.

»Wir haben schon ziemlich lange nicht mehr miteinander gesprochen.«

»Wann denn zum letzten Mal? Und wo war sie da?«

»Ich weiß nicht, vor ein paar Tagen.«

Dem Tucumaner stehen Tränen in den Augen, er geht langsam zum Sofa, lässt sich am einen Ende nieder. Offensichtlich ist irgendwas Schlimmes mit Marta Paula, ich weiß noch, wie bekümmert sie sich angehört und unter anderem gesagt hat: »Das ist alles bloß wegen der Feli, weil ich wieder bei ihr war. Sie hat irgendwas mit mir angestellt.«

Ich setze mich ans andere Ende des Sofas, stammele etwas von Marta Paulas letztem Anruf. Miguel Javier starrt zu Boden. »Sie ist verschwunden«, unterbricht er mich irgendwann, »seit zwei Tagen ist sie nicht mehr zu Hause erschienen, und gehört haben sie auch nichts von ihr.«

Ich versuche, ihn zu beruhigen, rücke näher, um ihm den Arm um die Schulter zu legen, aber er weist mich mit einer heftigen Bewegung zurück.

»Sie wird schon wieder auftauchen«, sage ich.

Ich hole Shanices Handy, damit habe ich ja die Gespräche mit Marta Paula geführt. Ich versuche, in dem komplizierten Apparat die Liste der ausgegangenen Anrufe zu finden, oder irgendwelche übersehenen Nachrichten. Vor Aufregung bekomme ich feuchte Hände, ich habe Angst, dass mir das Gerät im nächsten Augenblick aus den Fingern gleitet.

»Wenn ihr was passiert ist, weil sie zu dieser Hexe gegangen ist, verzeihe ich dir das nie, das schwöre ich dir!«

Ich wähle die Nummer, von der aus Marta Paula mich beim letzten Mal angerufen hat, aber es geht niemand dran. Ich habe sie nicht darum gebeten, zu der Seherin zu gehen, ich hätte sie aber davon abhalten können. Ich war neugierig, ich wollte wissen, was sie zu meiner Schwangerschaft sagen würde, und gerade weil der Tucumaner einen so besorgten Eindruck machte, hatte ich das Gefühl, es könne sich tatsächlich um ein echtes Medium handeln, jemanden mit übersinnlichen Fähigkeiten, und keine Betrügerin. Aber jetzt ist Miguel Javiers Schwester verschwunden, und innerlich höre ich immer wieder, was sie bei ihrem letzten Anruf gesagt hat: »Sie hat irgendwas mit mir angestellt.« Der Tucumaner ist totenblass. Ich frage, ob er einen Tee trinken möchte, er bejaht mit kaum merklichem Nicken, und als ich mit dem Tee aus der Küche zurückkomme, sagt er, ich soll ihn bitte nicht allein lassen, er habe noch nie im Leben solche Angst gehabt. Seine Wut scheint sich in Luft aufgelöst zu haben. »Sie kommt bestimmt wieder«, sage ich. Miguel Javier fängt an zu weinen, und bei seinem Anblick würde ich am liebsten selbst in Tränen ausbrechen.

Als er sich wieder ein wenig beruhigt hat, erklärt er, dass vor zwei Tagen seine Mutter angerufen und mitgeteilt hat, dass seine Schwester in der Nacht davor nicht nach Hause gekommen ist. Aus zehntausend Kilometern Entfernung hat Miguel Javier daraufhin eine Suchaktion eingeleitet. Seine anderen Schwestern scheinen nicht genug Zeit zu haben, um sich mit dem nötigen Nachdruck um die Sache zu kümmern. Zunächst gelang es ihm, seinen ehemaligen Schwager aufzutreiben. Das Gespräch mit ihm brachte jedoch keine Klarheit, abgesehen davon, dass der Austausch mit ihm so knapp und feindselig verlief, wie es ihrer seit jeher schlechten Beziehung entspricht. Große Sorgen bereiten ihm die Kleinen, Marta Paulas Kinder, um die sich jetzt die Mutter kümmern muss, die damit jedoch überfordert ist. »Ich muss da hin«, sagt er, »wenn sie heute Nacht nicht auftaucht, muss ich zurück nach Tucumán.«

Miguel Javier war schon seit mehreren Tagen nicht mehr in der Universität, er hat die Zeit damit zugebracht, zu telefonieren und E-Mails zu verschicken. Er hat sogar mit der Polizei in Tucumán Kontakt aufgenommen, hat den Beamten von Feli erzählt und dem Haus in dem Elendsviertel La Aguadita, wo sie wohnt und wo alles zusammenkommt – schwarze Magie, Prostitution, Drogenhandel. Irgendwelche Hoffnungen, dass sie der Sache nachgehen, hat er sich dabei nicht gemacht, wichtig war ihm nur, dass seitens der Familie wenigstens eine offizielle Vermisstenanzeige aufgegeben wurde, und das ist ihm gelungen.

Wir sprechen darüber, was nötig ist, damit er sich – falls seine Schwester tatsächlich weiterhin nicht auftaucht – morgen oder übermorgen auf die Reise machen kann. Das Flugticket kann er mit seiner Kreditkarte kaufen und den Betrag in den kommenden Monaten mithilfe seines Stipendiums in Raten abzahlen. Gerade ist Prüfungszeit, und wenn er jetzt fehlt, wirft ihn das auf dem hart erarbeiteten Weg zu einem Hochschulabschluss natürlich zurück, aber darüber kann er sich im Augenblick keine Gedanken machen. Mit Marios Computer suchen wir im Internet nach den nächsten Flügen nach Buenos Aires und von dort weiter nach Tucumán. In einer Maschine von Aerolíneas Argentinas sind noch Plätze frei, sie fliegt morgen Mittag in Frankfurt ab. Wenn Miguel Javier früh am Morgen in Heidelberg in den Zug steigt, kommt er rechtzeitig am Flughafen an. Ich überrede ihn jedoch, noch ein bisschen zu warten. Statt uns jetzt schlafen zu legen, werden wir aufbleiben und versuchen, mit Tucumán in Verbindung zu treten. Wenn wir um fünf Uhr morgens immer noch nichts Neues herausgefunden haben, wird Miguel Javier das Flugticket kaufen.

4

Ich koche Kartoffeln, mache Würstchen heiß und öffne einen der Weine, die in Marios Küche lagern. Ich weiß, dass sie für besondere Gelegenheiten gedacht sind, aber wenn ich Mario die Umstände erkläre, wird er schon verstehen. »Du darfst keinen Wein trinken«, sagt der Tucumaner. Sein Hinweis wirkt eine Zeitlang auf uns beide beruhigend, er ermöglicht es uns, das Thema zu wechseln, wir sprechen jetzt darüber, wie es mir geht. »Ein Gläschen kann nicht schaden«, sage ich, und er stellt fest, ich sei dicker geworden. Ich merke, dass er bei diesen Worten meine Brüste und meine Beine ansieht, gleich darauf richtet er den Blick aber auf sein Glas. Über den Wein sprechen wir auch, weder er noch ich verstehen allzu viel davon, wir sind uns jedoch einig, dass das, was wir gerade trinken, uns in einen behaglichen Zustand versetzt, den man unter anderen Umständen als Heiterkeit bezeichnen könnte.

Bald werden wir erneut versuchen, Miguel Javiers Mutter anzurufen. Zunächst tritt der Tucumaner aber ans Fenster und sagt dann, ich solle mal kommen.

»Ist das da draußen Schnee?«, fragt er.

»Ja, es schneit«, bestätige ich.

»Schön, ich hab noch nie erlebt, dass es schneit«, sagt er und presst die Nase an die Fensterscheibe.

Da klingelt Shanices Handy, und wir sehen uns erschrocken an, ich nehme an, es ist Yusuf, und suche zwischen den Sofakissen nach dem Apparat. Es klingelt und klingelt, aber ich kann ihn nicht finden, ich werde Yusuf klarmachen müssen, dass wir uns heute Abend nicht sehen können. Da entdecke ich das Handy im Bücherregal und gehe schnell dorthin. Ich nehme das Gespräch gerade noch rechtzeitig an.

»Ich bin's, Marta Paula.«

»Marta Paula! Wo bist du?«

»Ich bin in einer Pension, ich musste mal allein sein.«

»Geht's dir gut?«

»Ja.«

Miguel Javier reißt mir das Telefon aus der Hand. Ich höre, wie er brüllt, immer wieder brüllt er: »Warum hast du nicht Bescheid gesagt?« Er fragt, ob sie ihr was angetan haben, ob sie allein ist. Er sagt, sie sei ja wohl völlig verrückt und so was von unverantwortlich, wegen ihr habe er fast das nächste Flugzeug bestiegen, dann sagt er, dass er sie sehr lieb hat und dass er es nicht ertragen könnte, wenn ihr etwas Schlimmes passiert.

Ich gehe in die Küche, damit er in Ruhe weitersprechen kann. Ich spüle das Geschirr, trockne ab und wische mir mit dem Handtuch die Tränen aus dem Gesicht. Dass ich weine, liegt, glaube ich, daran, dass ich so angespannt war.

Miguel Javier kommt in die Küche und gibt mir das Telefon, er sagt, seine Schwester möchte mit mir sprechen.

»Du kannst mich verstehen, oder?«

»Ich glaube schon, aber wir haben ganz schön Angst gehabt.«

»Ich musste einfach mal nachdenken.«

»Worüber denn?«

»Über alles, über mein Leben. Das kommt von der Feli, wegen ihr habe ich mich gefragt, was ich eigentlich aus meinem Leben mache. Und wenn ich zurück nach Hause gegangen wäre, mit dem Lärm, den die Kleinen die ganze Zeit machen, da hätte ich mich nicht konzentrieren können. Und dann hab ich mehr Zeit gebraucht, zwei Tage habe ich gebraucht, um nachzudenken, aber jetzt geh ich wieder nach Hause.«

»Pass gut auf dich auf, Marta.«

»Ja, macht euch keine Sorgen, sag meinem Bruder, er soll sich keine Sorgen machen, er soll an seinen Abschluss denken.«

»Ja. Ich drück dich ganz fest.«

»Ich dich auch. Moment, ich wollte schon auflegen, aber da fällt mir noch was ein: Als ich neulich bei der Feli war und gehen wollte, hat sie gesagt, dass du eine Tochter bekommst. Herzlichen Glückwunsch.«

Nach Marta Paulas Anruf unterhalte ich mich mit Miguel Javier noch eine Weile über seine Schwester, den Schnee und Marios Wein. Ich bin todmüde, und während er spricht, fallen mir zeitweilig die Augen zu. »Jetzt muss ich aber«, sagt er irgendwann. An der Tür umarmen wir uns lange und fest. In seine Lederjacke gehüllt geht Miguel Javier durch den fallenden Schnee davon, dabei hüpft er immer wieder, wie ein kleiner Junge.

Elf

1

Als Miguel Javier gestern gegangen war, habe ich Yusuf angerufen, aber es hat niemand abgenommen. Ich habe das Gefühl, er will mir aus dem Weg gehen, ich werde also warten, bis er sich von selbst meldet.

Heute hat es den ganzen Vormittag über kräftig geschneit. Es ist so kalt, dass ich mir lieber irgendwas aus dem zusammenkoche, was da ist, bevor ich aus dem Haus gehe, um einzukaufen. Ich ziehe mich nicht einmal an, bleibe im Nachthemd. Was ich da habe, sind Kartoffeln, Fertigsuppen, Mehl, Würste, Tomaten und ein wenig Aufschnitt. Ich sehe den ganzen Tag fern, verfolge aufmerksam die Berichte über die Flüchtlinge. Gemeldet werden außerdem mehrere blutige Attentate in verschiedenen europäischen Hauptstädten. Von den Bombardements im Nahen Osten sind nur wenige Bilder zu sehen, aber die genügen, um mir das Ausmaß der Katastrophe ausmalen zu können.

Zum ersten Mal vermisse ich meine Familie und die Freunde in Buenos Aires.

Ich öffne noch einmal die Schachteln mit Marios Erinnerungsstücken und breite Fotos, Briefe und andere Dokumente auf dem Wohnzimmerboden aus. Wonach genau ich auf der Suche bin, weiß ich selbst nicht, aber irgendwann habe ich wieder das Foto mit den seltsamen Tieren vor mir, die am Bildrand erscheinen. In der Mitte sind Mario und ich zu sehen, es handelt sich um eine Waldlichtung in der Umgebung von Heidelberg, unsere beiden Gestalten sind nur schlecht zu erkennen. Zwischen den Bäumen hindurch sieht man in der Ferne die Stadt. Die Tiere – die kleinen Büffel oder Ziegen – kommen schüchtern näher. Ich kann mich nicht daran erinnern, wann das Foto gemacht wurde und was an dem Tag sonst noch passiert ist, ich nehme aber an, dass die Aufnahme von meinem Vater stammt. Auch Fotos von ihm suche ich heraus, auf allen lächelt er, und ich würde ihn so gerne umarmen, dass ich anfange zu weinen.

Dann betrachte ich das Bild von Elvio, Marios verschwundenem Geliebten. Irgendwas daran verwirrt mich, ich brauche aber eine Weile, bis ich begreife, was. Am Anfang glaube ich, es hat mit dem Schmerz und dem Kummer darüber zu tun, was ihm widerfahren ist. Aber nein, das ist es nicht, mein Unbehagen rührt von etwas anderem – Elvio sieht Yusuf unglaublich ähnlich. Die großen dunklen Augen, das breite Lächeln, das dichte schwarze Haar, die buschigen Augenbrauen, alles wie bei Yusuf, selbst Elvios Mantel ähnelt dem auf siebziger Jahre getrimmten Modell Yusufs.

Ich stelle das Foto ins Regal, um es mir vom Sofa aus ansehen zu können, und auch von weitem ist die Ähnlichkeit erstaunlich.

Draußen wird es bereits dunkel, der Tag geht zu Ende, vom Morgen bis zum Abend habe ich niemanden gesehen, mich mit niemandem unterhalten. Ich bin zu müde, um die über den Boden verstreuten Sachen von Mario wieder aufzusammeln, und schlafe auf dem Sofa ein. Zeitweilig träume ich von einem kleinen Mädchen, das auf einer Waldlichtung spielt, das könnte ich sein, aber auch jemand anders, es könnte genauso gut meine Tochter sein.

2

Das Geräusch von Schlüsseln im Schloss der Wohnungstür weckt mich. Bevor ich aufstehen kann, kommt jemand herein. Es ist Mario, mit verschlafenen halbgeschlossenen Augen sehe ich, wie er mit einem Koffer näherkommt, den er neben dem Sofa abstellt, auf dem ich liege. Es ist bereits heller Tag, und Mario lächelt mich an. »Du bist ja auf dem Sofa eingeschlafen«, sagt er. Ich sehe mich um, immer noch sind lauter Papiere und Fotos über den Teppich verstreut, *seine* Papiere und Fotos, *seine* intimsten Erinnerungen.

»Entschuldige, gestern habe ich mir die Fotos angesehen und ...«

»Macht doch nichts, du kannst gerne noch mehr rausholen. Später räumen wir alles zusammen auf.«

Mario sieht gut aus, sehr gut. Was mich natürlich freut. Ich hatte mir vorgestellt, dass er sterbenskrank in einer Frankfurter Klinik liegt, aber jetzt steht er hier vor mir und sieht nicht nur kein bisschen krank aus, es scheint ihm sogar besser zu gehen als vorher. Ich frage trotzdem, ob alles in Ordnung ist, und er sagt ja, alles bestens. Dann fragt er, wie es mir geht und ob ich in diesen Tagen beim Arzt war, und danach sagt er, ich würde schön aussehen und meine Schwangerschaft sei inzwischen durchaus zu bemerken. Ich mache den Kaffee von gestern noch einmal warm und erzähle Mario, wie es mit Frau Takahashi weitergegangen und was mit dem Tucumaner und seiner Schwester passiert ist. Mario hört zu, als würde ich ihm den Inhalt eines Films wiedergeben, offenbar gefällt ihm die Geschichte, zu meinem Erstaunen gibt er aber keinerlei Kommentar ab. Als ich fertig bin, fragt er bloß, ob während seiner Abwesenheit noch etwas vorgefallen ist. »Sonst nichts, das war alles«, lüge ich. Etwas in Bezug auf Yusuf zu sagen bringe ich nicht über mich, ich wüsste nicht, wie ich ihm beibringen soll, dass wir eine Beziehung haben. Andererseits weiß ich gar nicht, ob diese Beziehung überhaupt noch besteht.

Draußen hat es wieder angefangen zu schneien, der kleine Garten ist inzwischen vollständig weiß. Mario sagt, dass wir dieses Jahr zusammen Silvester feiern werden und dass es bestimmt sehr schön wird. Silvester? Stimmt, daran hatte ich überhaupt nicht gedacht. Wieder muss ich an meine Leute in Buenos Aires denken. »Es wird bestimmt sehr schön«, wiederholt Mario, »davor muss ich aber nochmal verreisen.« Er ist Prüfer bei der Verteidigung einer Doktorarbeit in Berlin, es wird aber nur eine ganz kurze Reise, »bloß ein kleiner Ausflug«. Morgen geht es los, er braucht den Koffer also gar nicht erst auszupacken, erklärt er. Als wir anschließend die Fotos und Briefe aufsammeln, fügt er hinzu, dass Yusuf nach Berlin mitfahren wird.

»Für ihn ist das eine Riesenchance, er kann sich dort mit mehreren sehr guten Galeristen unterhalten, die mit der Universität zu tun haben. Ich habe ihn eingeladen, und er hat den Vorschlag begeistert angenommen.«

Langsam lege ich die Fotos und Briefe in die verschiedenen Schachteln zurück, ich bin unfähig, auch nur ein Wort zu seiner Mitteilung zu sagen, meine Arme und Beine sind bleischwer.

3

Ich ahne, dass ich diese Nacht nicht werde schlafen können. Ich wälze mich im Bett hin und her, stehe schließlich auf und gehe in die Küche, wo ich den ganzen Krug voll Wasser austrinke. Alles scheint auf einmal unendlich weit entfernt und unerreichbar –

Mario, der in seinem Zimmer schläft, und Yusuf, der ihn morgen hier abholen wird. Ich stelle mir vor, wie sie zusammen in Berlin ankommen, Yusuf wie immer übers ganze Gesicht lächelnd und mit glänzenden dunklen Augen. Dann sehe ich sie in einem Restaurant etwas essen, bevor sie ins Hotel gehen, Mario, der sich die Brille zurechtrückt, gestikuliert. Was ich danach vor mir sehe, wirkt weniger glaubwürdig, es erinnert an Szenen aus einem Pornofilm, ihre in rötliches Licht getauchten nackten Körper, die vor Lust verzerrten Gesichter. Das Ganze wirkt dermaßen abgedroschen, dass ich beinahe laut loslache. Vielleicht schlafen sie nicht einmal im selben Zimmer, keine Ahnung, Mario danach zu fragen traue ich mich aber nicht, und weiter darüber nachdenken möchte ich auch nicht.

Da fällt mir Frau Takahashi wieder ein, und ich bekomme furchtbare Gewissensbisse. Ich bin kein guter Mensch, ein guter Mensch hätte niemals so gehandelt wie ich, schließlich weiß ich genau, dass *sie* die Person war, die barfuß am Neckar entlangspazierte.

Vorsichtig, um bloß nicht Mario zu wecken, schleiche ich in sein Arbeitszimmer und schalte den Computer an. Seit meiner Ankunft in Deutschland haben sich auf meinem E-Mail-Konto 1472 ungelesene Nachrichten angesammelt. Ich lösche sie fast alle, eine nach der anderen und ohne sie zu lesen, eine sehe ich mir jedoch an, sie stammt von einer ehemaligen Mitschülerin aus der Sekundarstufe. Sie schreibt wegen eines für dieses Wochenende geplanten Klassentreffens. Die Nachricht ist fast zwei Monate alt. Ich versuche mir vorzustellen, wie es bei dem Treffen zugeht und wie meine einstigen Mitschüler sich nach all den Jahren vorkommen. Gleich danach steigt der Jasminduft wieder in mir auf, der mich in meiner Jugend zu bestimmten Zeiten beim Verlassen unseres Hauses erwartete. Ich schließe die Nachricht, später möchte ich sie beantworten und mich dafür entschuldigen, dass ich nicht zu dem Treffen gekommen bin. Als mögliche Ausrede könnte ich einfach schreiben, dass ich wirklich gerne teilgenommen hätte, zurzeit aber in Europa bin.

Eine Nachricht von Santiago bewahre ich ebenfalls auf, darin teilt er mir in knappen Worten mit, dass Ringo gestorben ist und sich bis zuletzt als guter Hund erwiesen hat. Am Ende schreibt er nur »viele Grüße«, er schickt mir weder Küsse noch Umarmungen.

Die Mails meiner Arbeitskollegen öffne ich ausnahmslos nicht.

Gleich mehrmals lese ich dafür die Nachricht eines ehemaligen Schülers meines Vaters, der als Anhang den Text eines Vortrags mitschickt, den er ihm zu Ehren bei einer Gedenkveranstaltung gehalten hat. Darin spricht er über seine Leistungen als Philosoph, erwähnt aber auch, dass er viel Sinn für Humor besaß und Leben und Werk bei ihm eine glückliche Verbindung eingegangen sind.

Auch Marta Paula hat mir geschrieben, gestern, aus einem Internetcafé. Sie erzählt, dass es in Tucumán unerträglich heiß ist und dass die Tatsache, dass sie zwei Nächte nicht zu Hause war, unter ihren Familienangehörigen einen Riesenwirbel verursacht hat.

Als Nächstes lese ich eine Nachricht meiner Mutter, die noch nichts davon weiß, dass ich schwanger bin, sie glaubt, ich sei unterwegs und lerne lauter interessante Leute kennen. Sie schreibt allerdings auch, dass ich ihr bei unseren letzten Gesprächen irgendwie seltsam vorgekommen sei. Sie fragt, was ich vorhabe, ob ich noch länger Urlaub mache oder bereits einen Termin für meine Rückkehr festgelegt habe. Außerdem schreibt sie, sie sehne sich nach mir und habe dieses Jahr keine besondere Lust, eine große

Silvesterfeier zu veranstalten. Am Ende macht sie den Vorschlag, falls ich dann schon zurück bin, den Jahreswechsel zusammen mit ihr irgendwo außerhalb von Buenos Aires zu begehen.

Als ich mein E-Mail-Konto schließe, erscheint auf dem Bildschirm die Webseite von Aerolíneas Argentinas, auf der ich vorgestern mit Miguel Javier nach Flügen gesucht habe. In der Zeit bis Silvester sind nur noch in drei Maschinen Plätze frei. Ich trage meinen Vornamen, meinen Familiennamen und meine Passnummer in die dafür vorgesehenen Felder ein, aber bevor ich mit dem nächsten Schritt weitermachen kann, ist die Zeit abgelaufen und die Seite wird geschlossen.

Ich schlafe am Schreibtisch ein und wache ein paar Minuten später völlig verspannt wieder auf. Ich schalte den Computer aus, in diesem Zustand kann ich sowieso keinen vernünftigen Gedanken fassen. Draußen ist es immer noch dunkel. Ich schleppe mich zum Bett und lege mich wieder hin. Ich weiß nicht, wie lange ich noch in Heidelberg bleiben werde, aber ich weiß, dass ich heute bis zum Mittag schlafen werde. Wenn ich aufwache, ist Mario vielleicht schon weg.

4

Yusuf sitzt auf dem Sofa, auf dem wir in den letzten Tagen mehrmals zusammen gelegen haben, und sagt kein Wort. Er wartet, dass Mario fertig wird und sie losgehen können. Er starrt mit verschränkten Armen vor sich hin, als würde ihn das Ganze ein wenig langweilen. Am liebsten würde ich auf ihn einschlagen, ihm etwas an den Kopf werfen, ihn eigenhändig aus der Wohnung schieben. Aber ich schaffe es gerade einmal, mich neben ihn zu stellen.

»Hast du mir nichts zu sagen?«, frage ich und sehe ihm in die Augen.

Yusuf sieht mich an, schließt und öffnet die Augen, indem er die langen Wimpern herabsinken lässt und wieder anhebt. Neben dem Sofa entdecke ich seine Tasche und einen Ordner, wahrscheinlich mit Fotos. Warum bilde ich mir ein, ich hätte das Recht, böse auf ihn zu sein, mich betrogen zu fühlen? Wieder sieht Yusuf mich an, sein Mund ist so nah, dass ich anfange zu zittern.

Da kommt Mario ins Zimmer, frisch geduscht und rasiert. Zufrieden verkündet er, dass er schon lange nicht mehr in Berlin war und dass diese Einladung ein Glücksfall ist. Als er ein paar Sachen zusammensucht, die er noch mitnehmen möchte, fällt sein Blick auf das Foto von Elvio im Regal. Unsicher sage ich, dass ich beim Aufräumen vergessen habe, es zu den Fotos zu tun, die auf dem Boden lagen. Er nimmt es eine Weile in die Hand, stellt es dann zurück ins Regal. Böse scheint er mir nicht zu sein. Im Gegenteil, er sagt, das sei ein guter Platz für das Bild, es sei viel zu lange in der Kiste verborgen gewesen. Yusuf sagt auch jetzt nichts, offensichtlich beeindruckt ihn nicht einmal die Tatsache, dass er Elvio so ähnlich sieht. Keiner der beiden scheint es zu bemerken, oder vielleicht doch, vielleicht haben sie schon so oft darüber gesprochen, dass die Sache ihnen keinen Kommentar mehr wert ist.

Mario sagt, ich solle bitte mit in die Küche kommen. Dort zeigt er mir eine Dose mit Geld, die unauffällig zwischen anderen Gefäßen mit Lebensmitteln steht. »Da sind fünfhundert Euro drin, vielleicht noch ein bisschen mehr, für Einkäufe und was immer du brauchst«, sagt er. »Das ist nicht nötig«, sage ich verlegen. Aber er besteht darauf – »für was immer du brauchst« – und umarmt mich, und seine Umarmung, das spüre ich, ist so liebevoll und ehrlich, dass mir die Tränen kommen. Dann macht er die Tür zu, mir ist klar, dass er etwas sagen will, was Yusuf nicht hören soll.

»Ich war nicht wegen meiner Arbeit in Frankfurt, ich habe mir einen kleinen Tumor wegoperieren lassen, der vor kurzem bei mir entdeckt wurde. Aber es war nichts Besonderes, alles ist gut gegangen.«

»Warum hast du nichts gesagt? Ich hätte dich doch begleiten können.«

»Ich wollte nicht, dass du dir in deinem Zustand noch mehr Sorgen machst, du hast schließlich schon genug Probleme ... Aber es ist wirklich alles gut gegangen, sehr gut sogar. Das Foto von Elvio, das du ins Regal gestellt hast, hat mich übrigens auf eine Idee gebracht ..., ich möchte dich um einen Gefallen bitten.«

»Gerne, was immer du willst.«

»Wenn ich irgendwann ..., wenn ich eines Tages sterbe ..., wann auch immer, möchte ich, dass du meine Asche nach La Plata bringst und dort im Wald verstreust. Es gibt niemanden sonst, den ich darum bitten könnte.«

Mario lächelt, auf einmal scheint er seine Worte zu bereuen, oder sie sind ihm peinlich. Ich verspreche, zu tun, worum er mich gebeten hat. Eine Zeitlang sagen wir nichts, dann lachen wir nervös. Anschließend öffnet er die Tür und wiederholt, dass er nächste Woche wieder da sein wird und dass ich so viel von dem Geld nehmen soll, wie ich brauche, ohne mir etwas dabei zu denken.

Da kommt das Taxi, das sie zum Bahnhof bringen soll. Yusuf küsst mich zum Abschied auf die Wange, und ich sehe zu, wie sie einsteigen und sich fröhlich unterhalten, worüber, kann ich von hier aus nicht hören.

5

Meine letzten Tage in Heidelberg verliefen alle mehr oder weniger gleich. Die Bäume im Garten waren irgendwann vollständig mit Schnee bedeckt, und erst an einem Samstag verließ ich zum ersten Mal wieder das Haus. Bis dahin hatte ich von den Vorräten in der Küche gelebt, aber jetzt musste ich einkaufen gehen, wenn ich nicht verhungern wollte. Ich zog mich also warm an und räumte zunächst mit einer Schaufel, die ich nach einigem Suchen entdeckt hatte, den Zugang zur Straße frei. Im Stadtzentrum kaufte ich Obst, Gemüse und Brot. Und in einem Laden, der auch Weihnachtsdekoration anbot, mehrere pinkfarbene Papierblumen, bei deren Anblick ich an Shanice denken musste. Ich beschloss, sie ihr aufs Grab zu legen, wo ich seit der Beerdigung nicht mehr gewesen war.

Als ich mit den Einkaufstüten vor dem Friedhofseingang ankam, sagte mir ein Aufseher, es sei verboten, Lebensmittel mit hineinzunehmen. Ich zeigte ihm die Papierblumen und versprach, dass es nur eine Minute dauern werde. »Nur eine Minute«, wiederholte er und gab den Durchgang frei.

Ich ging denselben Weg entlang wie bei der Beerdigung. Damals war ich in Gesellschaft von Shanices Eltern und mehrerer Studenten. Als ich die Blumen ablegte, stellte ich fest, dass sich auf dem Grab bereits ein Foto von Shanice befand. Darauf sah man sie als Drei- oder Vierjährige, an je einer Hand gehalten von ihren Eltern. Um das dem Aufseher gegebene Versprechen zu halten, ging ich rasch wieder fort.

Als ich erneut vor dem Eingang stand, wurde mir klar, dass ich in Wirklichkeit nicht gekommen war, um Shanice zu besuchen, ich war vielmehr auf der Suche nach einem Lebenszeichen ihrer Mutter. Die Tage davor hatte ich in der ständigen Angst verbracht, sie könne unversehens wieder in Marios Wohnung auftauchen, andererseits ließ mir die Frage keine Ruhe, was wohl aus ihr geworden war. War sie nach Japan zurückgekehrt, hatte ihr Mann sie abgeholt, oder hatte sie sich die ganze Zeit allein in der Kälte herumgetrieben? Aber hätte sie das überhaupt überlebt? Als ich die Straße überquerte, sah ich sie. In ihrem langärmeligen schwarzen Kleid entfernte sie sich, mir den Rücken zukehrend, vom Friedhof. Offensichtlich war sie gesund und unversehrt. Mein Herz fing an, heftig zu schlagen. Sie war also noch in Heidelberg, wie auch immer sie es geschafft hatte, so lange durchzuhalten. Ich wollte unbedingt wissen, wo sie hier wohnte und wie sie sich am Leben hielt. Um sie ja nicht aus den Augen zu verlieren, ging ich hastig, wenn auch, aus Vorsicht, in einem gewissen Abstand, hinter ihr her. Viele Straßen wanderten wir so entlang, vorbei an vornehmen und nicht ganz so vornehmen Hotels, aber jedes Mal, wenn ich dachte, nun werde sie einkehren, sah ich mich getäuscht. Sie schien überhaupt kein bestimmtes Ziel anzusteuern, und als wir schließlich den Neckar überquert hatten, verlor ich allmählich die Orientierung.

Die Luft hier war anders, außerdem hatte ein kalter Wind eingesetzt, der den Geruch von Tee und brennendem Holz herantrug. In den umliegenden Häusern gingen die Lichter an, und von den Dächern löste sich gelegentlich ein wenig zusammengebackener Schnee.

Je weiter wir in die Außenbezirke vordrangen, desto größer wurden die unbebauten Flächen zwischen den Gebäuden, hinter manchen Fenstern waren bereits die Gardinen vorgezogen, und irgendwann waren gar keine Häuser mehr zu sehen. Ich wollte schon umdrehen und nach Hause zurückkehren, die Tüten in meinen Händen wurden mir allmählich zu schwer, aber zuletzt war die Neugier stärker. Am Rand eines offenbar sehr großen Waldes angekommen, setzte Frau Takahashi den Weg fort, indem sie einen Abhang hinabstieg. Ich blieb stehen. Der Ort kam mir bekannt vor, ich hatte das Gefühl, als wäre ich schon oft hier gewesen. Dann wurde mir klar, dass sich am Fuß des Abhangs ein See befinden musste – vor dreißig Jahren war ich regelmäßig mit meinem Vater dort umherspaziert. Ich ging ein Stück weiter und stieß tatsächlich auf den See, mitten im Wald lag er zugefroren vor mir und sah noch genau so aus wie in meiner Kindheit. In all den Jahren hatte die Erinnerung vergessen in mir geschlummert, jetzt aber stieg sie klar und unverkennbar in mir auf – mein Vater in seiner blauen Jacke, der mit seiner warmen Hand meine Hand umfasst hält, während wir beide, den Geruch des Eises in der Nase, dastehen und lachen. Über den Gedanken daran hatte ich Frau Takahashi aus den Augen verloren. Doch bald entdeckte ich sie wieder, mit schnellen kurzen Schritten überquerte sie den See. Ihre dunkle Gestalt hob sich deutlich von der silbrig schimmernden Oberfläche ab. Als sie am anderen Ufer angekommen und zwischen den Bäumen verschwunden war, betrat ich das Eis. Meine Schuhe hatten eine gute rutschfeste Sohle, trotzdem bewegte ich mich nur langsam vorwärts, so gerne ich es Frau Takahashi mit ihren raschen entschlossenen Schritten nachgetan hätte. Ich sog die frische kalte Luft ein und sagte mir, dass es eine gute Idee gewesen war, nach all den in der Wohnung zugebrachten Tagen hierherzukommen. Da ließ sich plötzlich ein Geräusch vernehmen, eine Art Stöhnen oder tiefes

Seufzen, das vom Grund des Sees aufzusteigen schien. Wie erstarrt blieb ich stehen. Ob so das Eis klang, wenn es kurz davor war, in tausend Stücke zu zerbrechen? Andere Menschen waren nirgendwo zu entdecken, das Einzige, was sich rührte, war ein Tier, das auf einmal zwischen den Bäumen hervorkam und ans Ufer trat. Im Halbdunkel sah es aus wie eine der Ziegen oder kleinen Büffel auf dem Foto von Mario. Ich senkte den Kopf und erblickte mein Spiegelbild auf dem Boden, den ungewohnt großen und schweren Körper, die Hände, die immer noch die Einkaufstüten hielten. Langsam und vorsichtig setzte ich sie ab, so weit von mir entfernt wie möglich, Äpfel und Orangen rollten über das Eis. Wieder hörte ich das Seufzen unter meinen Füßen. Ich versuchte, mich an den Text des Vaterunsers zu erinnern, ein anderes Gebet wäre mir genauso lieb gewesen. Ich weiß nicht, wie lange ich so dastand und zitterte, irgendwann hörte das Seufzen auf und ich wagte es, den Weg fortzusetzen. Am Ufer angekommen, ging ich mehrere Schritte in den Wald und sank zu Boden. Das Tier, das ich vom See aus gesehen hatte, tauchte wieder auf und näherte sich zögernd. Die kräftigen kurzen Beine in die Erde stemmend, schnüffelte es an mir und sah mich aus den großen, weit auseinanderstehenden Augen an, über denen sich eine flache Stirn erhob, der zwei kleine Hörner entsprangen. Dann schnaubte es leise und ließ sich neben mir nieder. Ich wusste, dass es mir nichts tun würde. Ich war verloren und gleichzeitig gerettet. Ich holte tief Luft und schmiegte mich an seinen warmen Körper. Es wurde dunkel.

Eine Eule erhob sich aus einer Baumkrone und flog davon. Wolken zogen über uns hinweg, veränderten ihre Gestalt und lösten sich auf. Noch drei kleine Büffel tauchten auf und betrachteten uns aus der Ferne.

Mein Gefährte richtete sich langsam auf, ging zu den anderen, und die vier verschwanden zwischen den Bäumen. Auch ich wollte aufstehen und mich auf den Rückweg machen. Aber ich war noch zu schwach und blieb eine Weile liegen, sah hinauf in den jetzt völlig wolkenlosen Himmel, der sich nach und nach mit Sternen füllte.

Carla Maliandi, geboren 1976 in Venezuela, ist eine argentinische Autorin und Theater-Regisseurin. »Das deutsche Zimmer« ist ihr erster Roman und ihre erste Veröffentlichung auf Deutsch.

Peter Kultzen wurde 1962 in Hamburg geboren und lebt als freier Lektor und Übersetzer aus dem Spanischen und Portugiesischen in Berlin. 1994 und 2011 erhielt er den Übersetzerpreis der Botschaft von Spanien in Deutschland. Für Berenberg übersetzte er u. a. Héctor Abad und María Sonia Cristoff, zuletzt »Übergänge« von Vicente Valero.

Weitere Romane aus Lateinamerika und Spanien:

María Sonia Cristoff

Lasst mich da raus

Mara, im früheren Leben Konferenzdolmetscherin, will endlich ihre Ruhe haben. Ein Jahr. Mindestens. Und so nimmt sie in einem obskuren Heimatkundemuseum in der argentinischen Provinz eine Stelle als Saalwächterin an. Dumm nur, dass sie so schnell befördert wird und einem geschwätzigen Tierpräparator zur Hand gehen muss. Soll das Schweigejahr nicht für die Katz sein, gilt es, drastischere Maßnahmen zu ergreifen – die zu allseitigem Erstaunen eine Art Happy End mit sich bringen (außer vielleicht für den Präparator). Elegant, witzig, klug und zutiefst radikal: ein kleiner, feiner Anarchistenroman!

»[S]ouveräne wie heißkalt schnörkellose Prosa.«
Irene Bazinger, FAZ

Übersetzt von Peter Kultzen
160 Seiten
ISBN 978-3-937834-86-3

Selva Almada

Sengender Wind

Weit, trocken und öde ist die Pampa. Wer hier liegen bleibt, für den ist guter Rat teuer. Auch für Menschen mit direktem Draht zu Gott, wie den Prediger samt schlecht gelaunter Tochter und übler Familiengeschichte, dessen Wagen den Geist aufgibt. Zum Glück auf dem Schrottplatz eines alten Gringo, der im Verlauf eines Tages und einer Nacht nicht nur das Auto repariert. Umtost von einem nächtlichen Unwetter trägt er mit seinem ungebetenen Gast einen Zweikampf aus, während sich zwischen seinem schweigsamen Sohn und der Tochter des Gottesmannes ganz andere Beziehungen anbahnen.

»[F]esselnde erzählerische Magie.«
Eberhard Falcke, SWR Bestenliste

Übersetzt von Peter Kultzen
128 Seiten · Auch als E-Book
ISBN 978-3-946334-04-0

Alle Bücher in Halbleinen und fadengeheftet

Juan Pablo Villalobos

Ich verkauf dir einen Hund

Wieviele Kakerlaken passen in einen Aufzug? Hilft Adorno gegen amerikanische Missionare? Lebt die Revolution? Und vor allem: Was steckt wirklich in einem Taco? Fragen über Fragen, die Juan Pablo Villalobos in seinem rasanten Seniorenroman aufs vergnüglichste beantwortet. Nabel der Welt ist ein Wohnhaus im Herzen von Mexico City, wo der ganz normale Wahnsinn der Stadt auf ein paar Etagen zusammenschnurrt. Während der hausinterne Literaturkreis auf dem Flur tagt, entspinnt sich weiter oben irgendetwas zwischen Liebes-, Künstler- und Kriminalgeschichte. Ein großer Spaß, und das ganz ohne Rentner, die aus Fenstern steigen!

»*Ein sardonisches, in grandioses Deutsch gebrachtes Vergnügen.*«
Elke Schmitter, Der Spiegel

Übersetzt von Carsten Regling
224 Seiten · Auch als E-Book
ISBN 978-3-946334-07-1

Vicente Valero

Übergänge

Welch schöne Rahmenerzählungen doch Begräbnisse bieten! Vor allem, wenn es sich um Schulfreunde aus der verblichenen Kindheit handelt, mit denen man später nicht mehr viel zu tun haben mochte. So trinkt man schnell noch bei Mama eine mutmachende Flasche Wein, ehe sich in der Kirche, bei Gebeten und dem heimlichen Blick auf einst heiß begehrte Frauen, der Faden in die Vergangenheit abspult. In jene Zeit, als Franco starb und das Land sich auf einen Schlag veränderte. Wie Übergänge, die großen und die kleinen, das Leben und die Zeit verändern, das kann Vicente Valero wunderbar erzählen.

»*Meisterhaft.*«
Eva Karnofsky, WDR5

Übersetzt von Peter Kultzen
88 Seiten
ISBN 978-3-946334-53-8

Die Originalausgabe erschien 2017 unter dem Titel *La habitación alemana* bei Mardulce, Buenos Aires.

Die Übersetzung aus dem Spanischen wurde mit Mitteln des Auswärtigen Amts unterstützt durch Litprom e. V. – Literaturen der Welt.

LITPROM
LITERATUREN
DER WELT

Konzeption | Gestaltung: Antje Haack | www.lichten.com
Satz | Herstellung: Büro für Gedrucktes, Beate Zimmermanns
Abbildungen: Einbandvorderseite und Einbandrückseite von akg-images
Reproduktion: Frische Grafik, Hamburg
Druck | Bindung: Elbe Druckerei Wittenberg, Lutherstadt Wittenberg
Printed in Germany
ISBN 978-3-946334-59-0